小时候就在想的事

〔日〕黑柳彻子 著　　赵玉皎 译

南海出版公司

目　录

小豆豆回眸当年
发现长大后的
所思所想所作所为
都源于
自己的童年

想起小时候

红拐杖

报纸上说，现在有很多小学一年级的小孩子，上课的时候不肯好好地坐在书桌旁，总是到处晃来晃去。即便老师告诉他们"请坐下"，他们也不肯听话，照样晃来晃去。我就是因为这个样子，刚上小学三个月就被退学了。可是那时候只有我一个人是这副样子，而现在，孩子们却都晃晃悠悠地跑到窗子之类的地方去了。我不知道现在的孩子晃来晃去是出于什么理由，可是我自己那样做却是有理由的。即使是一个6岁的孩子，她也是有自己的理由的。

有的人会非常清晰地记着小时候的事情，也有的人想起儿时的事，已是一片模糊了。我小时候发生了很多事情，让人没法不记得清清楚楚的。所以，在我的记忆中，这件事那件事的，印象都极为鲜明。现在看看五六岁的小孩子，觉得他们实在是非常幼小，不久之前还要用尿布呢！可是回忆起当年的自己，却似乎确实已经有了自己的感知和判断能力。我想，如果把自己小时候想的事写下来，对现在那些晃来晃去的孩子，人们也许会大致了解到底是怎么回事了，因为毕竟我小时候也是一个这样的孩子。这么想着，我决定写写看。所以，呈现在这里的，并不是一个优秀孩子的思想，而是一个小学一年级就被退了学的孩子所思考的事。

红拐杖

在我满 5 岁之后，马上就要上一年级的时候，我的腿却出了问题。一个忙碌的早晨，我快要去幼儿园的时候，我告诉妈妈：

"昨晚睡觉的时候，我的腿疼。"

妈妈正在准备早饭，一听这话立刻停住了手：

"那可不得了！"

妈妈又说：

"我听说晚上睡觉的时候腿疼是很不好的，我们去医院吧！"

我最讨厌的就是去医院了，慌忙说道：

"我昨天翻跟头的时候摔了一下，所以腿才会疼的。"

说着，我在妈妈面前蹦蹦跳跳给她看，又说：

"现在已经不疼了。"

可是妈妈却不肯听我这些借口。我不情愿地被妈妈拽到了医院。那时候我家住在东京的洗足池附近，那是一个颇有来历的池子，传说日莲上人①曾经在那里洗过脚。所以当时去的医院是附近的昭和医专（即现在的昭和大学）。一位神采奕奕的男医生给我做了检查，然后立刻对妈妈说："是股关节结核！"我还没明白是怎么回事，马上就被放平躺好，转眼之间，从我的右脚脚趾一直到腰都被浸了黏糊糊的石膏的绷带缠得紧紧的了。那就是石膏绷带。

缠好绷带以后，医生一边说着"好办法！这可是好办法"，一边很柔和地"啪啪"叩着我的腿。我本以为他们会立刻给我拿掉绷带，可没想到我就那样住进了医院。不过，我还是第一次住院，发现了很多好玩的事情，所以倒一点儿也不觉得有什么寂寞啊，苦闷啊。那时候，爸爸妈妈已经从医生那里得知，我得的这种病，即便治愈了，以后也可能需要拄着拐杖走路。可是我并不知道这些，仍是整天优哉游哉。我躺在床上，眼睛只能往上看，每天读读书（那时候我已经认识了片假名和平假名。虽然幼儿园并不要求孩子们拼命学习，但我自己很想看书，而且当时所有的汉字旁边都标有平假名的注音，只要认识平假名，就可以看懂很多书），或者把布娃娃放在胸口上，和娃娃们说话玩。护士们都非常和气。不过医院的饭菜没有家里的好吃，

① 日莲上人（1222~1282）是日本镰仓时代的高僧，最初学习天台宗，在高野山等地修行，1253 年在清澄山创立了日莲宗。日莲宗成为日本佛教十三宗之一。

我最讨厌的是四四方方的炖高野豆腐。盘子里明明一点儿汁也没有，可是用筷子一摁豆腐，就会"扑哧——"一声冒出茶色的汁来，我最讨厌这个了。现在我已经非常喜欢吃高野豆腐了，可是那时候就是吃不惯。因为我只能躺着，吃饭都是由护士或者妈妈喂，一见到高野豆腐，我总要特意亲手拿筷子摁它一下，等汁"扑哧——"一声冒出来，想着"哎呀，好讨厌"。这也许是对不喜欢的东西的好奇心吧！可是，当时的饭菜中经常会有这种高野豆腐。

在医院的生活就这样一天天地过去了。有一天，护士告诉我隔壁病房里住着一个女孩子，生了和我同样的病，年纪也和我差不多。可是，即便我知道了这件事，也没办法走过去看看她，只能想一想"哦，是吗"罢了。

可是，我那时运气实在是糟透了，当时我从右脚脚背、脚踝、小腿、膝盖、大腿、整个肚子，一直到腰，都裹在已经变得硬邦邦的石膏绷带里面，只有脚指头露在外面。可就是这个时候，我染上了猩红热。这是一种传染病，所以我的右腿还打着石膏，就被从昭和医专送到了附近的传染病医院——荏原医院。猩红热就像蛇蜕皮一样，身体的皮肤会脱落，如果严重的话，手上的皮肤就会像手套一样蜕下来。这当然会非常痒。好不容易把这个病治好了，我又回到了昭和医专，可是不久又染上了水痘。水痘也是一种传染病，我的右腿又绑得直直的，被再一次送到了荏原医院。出水痘的时候，身上痒得让人真想哭。全身都痒得厉害，露在外面的部分还可以挠一挠勉强止痒，可是裹在石膏里面的部分，完全伸不进手去挠，痒得实在难以忍受。我隔着石膏敲打，还试图从腰或脚趾那里伸一个小棍子进去挠，但是伸不进去，都没法解痒。后来还是爸爸想出了个主意，拿一根又薄又长的尺子从石膏缝里伸进去，终于可以慢慢够到痒处的边上了。我拍手大叫："成功啦。"这也让我很感激爸爸，他整天忙着拉小提琴，却还为了我而绞尽脑汁地想办法。可是尽管有了这个办法，还是有好多地方够不到，比如膝盖后面啦，痒得让人无法忍受。但我没有哭闹，即便痒得浑身哆嗦，我也拼命忍耐着，从来没有哭过。现在回想起来，觉得挺让人佩服的，那时是因为我觉得护士和爸爸妈妈都尽了最大的努力来照顾我，如果我还抱怨的话，那就太对不起他们了，所以自己就努力地忍耐着。

因为这两次生病，我好几次在医院进进出出，坐在小推车上，得以偷偷地张望隔壁病房的情形。"和我生同一种病的那个女孩，究竟是什么样子呢？"我看到了一个和我年纪相仿的女孩子，和我一样脸朝上躺着，我还看见了她的脸。那是一个瓜子脸、梳着童花头、眉清目秀的小姑娘。那个女孩子也看到了我。

日子一天天过去，终于到拆石膏的日子了。只不过几个月的时间，裹在石膏中的右腿就变细了好多。而且，似乎我在这段时间里个子长高了，我的左腿比石膏中的右腿要长不少。所以，我虽然能够站起来，却不能行走。更严重的是，我甚至忘记了该怎么走路。

出院之后，按照现在的说法，我立刻开始了康复训练。据说新宿有一所名叫"名仓"的医院很不错，我每天都要去那里进行电疗。在我的印象中，是从一个大箱子中弯弯曲曲地伸出好几根花花绿绿的软线，像绳子一样，通过这些软线给腿通电理疗。另外，我也接受了按摩治疗。

后来，我去了汤河原温泉。我爸爸的母亲，也就是我的祖母，和一个年轻的保姆一起陪着我去的。我很怕这位祖母。我们住在旅馆里，不管我醒得有多么早，睁开眼睛的时候总是发现祖母已经把头发梳得纹丝不乱，衣服穿得整整齐齐，正在读书呢。如果我哇哇地大声唱歌，或者在榻榻米上翻腾打滚的话，祖母绝对不会训斥我"安静一点"，而是会从书本上抬起眼来，静静地说："我讨厌吵闹。"所以我无计可施，只好蹑手蹑脚地行动，每天和祖母一起读书。祖母似乎并不是讨厌小孩子，有一天她曾经给我看她头顶上一块秃掉的地方，那块地方圆圆的，直径有3厘米长。祖母告诉我，那是因为过去"梳的是圆发髻，总是把所有的头发在这里紧紧地挽成发髻，所以这里就成了现在的样子"。祖母还说，现在她梳盘发的时候，都要精心地梳理以便遮住那块秃的地方。从那以后，我试图比祖母早起来一回，在她梳头之前看一看那块秃的地方，但总是失败，当我睁开眼睛的时候，祖母已经在读书了。

我们虽然住在旅馆里，但并没有去这个旅馆的温泉，而是去了附近的一个据说非常有效的叫做"玛玛乃"的温泉。每天下午我都和保姆一起过去。温泉那里聚集了很多受了烧伤、创伤以及患了各种疾病的人，几乎都是成年人，很少见到小孩子。玛玛乃温泉有一个大大的浴池，周围非常宽阔，能够容得下很多人躺在那里。浴池中的热水是茶色的，站起来的时候，会觉得下面黏糊糊的，稍微有点吓人。有趣的是，每个人手里都拿着一种大而细长的绿色叶子，把叶子在热水里浸一下，然后躺下来，把叶子贴在身体的某个部位。这大概是草药吧？有的老大爷拿着好几片叶子，也有阿姨在那儿，现在想来，应该是男女混浴的吧。

我旁边有一个男孩子，据说他是因为跳进了正在沸腾着的洗澡水中，全身都被烫伤了。那个孩子在身上贴满了叶子，脸朝下躺着，一开始我还以为他在玩捉迷藏的游戏呢。他看起来像是小学四年级学生，我已经忘记了都和他说了些什么，只记得他是由妈妈陪着来的。他妈妈对旁边的人说："这孩子真是个冒失鬼！也不伸手去试试洗澡水烫不烫，一下子就跳了进去。"那个男孩子从叶子底下争辩道："可是，澡盆没有盖子嘛！"但他妈妈并不听他的辩解。

我从那位妈妈那里得到了一片叶子。我珍重地把叶子蘸上热水，在右腿的各个部分挪动着，同时学着那些上了年纪的大叔的样子，枕着胳膊侧身躺着，一动也不动。有一个男人头上顶着一片叶子坐在那里，不知道那样是要治疗什么地方。

日子就这么一天天过去了，我的右腿很快地变长。

（也许从医学角度来说不是这么回事，可结果就是我的右腿和左腿一样长了，我想它还是变长了吧。）我终于能够行走了。因为我并没有听过要拄拐杖之类的说法，所以觉得会走了是很自然的。终于到了从汤河原回家的日子了，我坐着当时还是很新奇的电力机车，在中午时分到达了品川车站。看到爸爸和妈妈站在月台上，我连忙朝他们跑过去，想要跟他们说说电力机车的事儿。跑到跟前一看，却发现爸爸妈妈都在哭，我不禁大吃一惊，心中十分不安，是不是我做错了什么事？这时，爸爸抱住我，说道：

"豆豆助①！祝贺你！"

我这才知道，爸爸并没有伤心，于是也高兴起来。直到很久以后我才知道，当时父母看到我一边喊着"爸爸！妈妈！"一边朝他们跑来的身影，两个人喜出望外，可以说是喜极而泣。现在我能够想像，曾被医生告知我可能需要拄拐杖才能行走的爸爸妈妈，当看到我奔跑的样子时，心中该是多么欣喜啊！后来，据说医生还对妈妈说："这简直近乎奇迹，一万人中几乎只有一个人能够痊愈。"不过，5岁的我还不能明白，当人高兴的时候原来也会哭。

不久之后，我就要升入一年级了，有一天，我在家附近一个人优哉游哉地走着，这时对面走过来一个拄着红色拐杖的小姑娘。红色的拐杖很罕见，我就走近些想看清楚

---

① 日语俗语，通常接在名词尾，含贬义。这里是昵称。参见《窗边的小豆豆·名字的由来》。

一点。和那个小姑娘目光相遇的那一刻，我认出了她就是我隔壁病房里的那个小姑娘。小姑娘看到我的脸之后，立刻盯着我的腿看。我不禁后退了几步，她一定也听人说过我和她生了同样的病，我不愿意让她看到我不用拄拐杖就能走路。我们默默地擦肩而过。

看来那个小姑娘就住在我家附近，我走在路上的时候，经常会从对面闪出红拐杖的影儿。每当我一见红拐杖，就急忙躲到岔路上，或者钻进别人家的院子里，避开那个孩子。因为我想，无论怎样都不能让她看到我的腿。那副很罕见的红拐杖，也许是因为她家里人想使拐杖看起来可爱一点，才替她用油漆涂成红色的吧。

有一天，我和爸爸一起散步的时候，对面又影影绰绰地闪出了红拐杖，我慌忙拉住爸爸，说道：

"不行！不行！快点躲起来！"

一边说着，我急急忙忙地要躲到岔路上去。爸爸很是惊讶，问道：

"为什么？"

我带着哭腔解释道：

"我不能让那个孩子看到我的腿。因为，她的腿没有治好，我的腿却好了。如果让她看到了，她就太可怜了！"

爸爸听了我的解释，说道：

"那么你过去和她说说话不是很好吗？不要老是这样躲着她，过去说说话不是很好吗？"

可是我不知道该怎么去和一个还不认识的女孩子说话。

不久我就上了小学，去上学的方向和我散步的方向正好相反，所以我再没有遇到那个女孩子。直到现在，我还一直想为什么当时没有像爸爸说的那样，走到她的身边说一声"你好"，想来不禁很懊悔，也很难过。那个女孩子绝对不会知道，我不想让她看到我的腿，所以一见到红拐杖就躲起来。也许她会想，"那个孩子不在这里了啊。"那时候，在我"不能让她看到我的腿"这个念头之中，可能已经隐隐地包含了一些想法，虽然我自己当时并不清楚，那些想法也还没有成形。那就是：有的孩子病治好了，有的孩子却没有治好；也许那个孩子没有去名仓医院或者玛玛乃温泉吧；可能因为那是要花钱的，有的人去不起；世上是有不公平的事情的；不能因为这样的事让别人伤心等等。当然，关于钱的事情，我是稍晚一些时候才想到的。我并不觉得自己是一个特别善良的孩子，可是，那个时候的5岁的孩子，大致会有这样的想法。即使是现在，肯定也是一样的。我相信越是小孩子，就越是拥有人类最珍贵、最必要的东西。而且，我也知道，随着孩子们慢慢长大，那些东西才渐渐地失落了。

剪刀

　　我就是这么一个孩子，其实我并不是多么聪明、懂事，实际上倒是恰恰相反。那时候我正上幼儿园，最喜欢把剪刀放进嘴里，让它发出"喀嚓喀嚓"的声音。现在回想起来，真不明白为什么要那样，可当时却乐此不疲。老师们说"太危险了，别这样"，可我尽量让这个游戏不怎么危险，所以满不在乎。可是有一天，园长老太太来到我身边，对我说道：

"你这么玩的话，不久就会把舌根弄断，舌头歪到一边，那就不能说话了！你想，不会说话了，你可不愿意变成那样吧？"

我把手探进舌头下面摸摸看，果然，把舌头抬起来的时候，确实有一条线一样的东西连着舌头。如果这个东西断了的话，也许舌头真的会歪到一边呢。"要是不会说话了，那可不得了！"从那天开始，我再也不往嘴里放剪刀了。园长老太太真不愧经验丰富，只用一回就把小孩子说服了，实在是做得非常漂亮。

幼儿园就在我家附近，不过放学的时候，却有一辆小小的校车把孩子们一直送到家门口。下车的孩子会对车上的孩子们大声说：

"我先走一步啦！花开啦！花开了我再来！哇！"

一边说着，下了车的孩子会把一只手使劲张开，贴在鼻子那里，朝大家招手。看起来那孩子似乎把花当成了鼻子①，我们这些坐在车上的孩子们也大声回答道：

"再见三角形！再来啊，四方形！"

当我把这些话写下来的时候，真不知道我们在说些什

---

① 日语中"花"和"鼻子"的发音相同。

么。可是当时说的时候觉得朗朗上口，我们都非常喜欢。大家不停地这样叫着、嚷着，一个一个地都回家了。而且回家以后，说的肯定是"我啦啦回来了"。就是把"我回来了"用"啦啦话"来说。这在当时非常流行，小学三年级的学生就能够说得非常流利，可我那会儿还只会说一句"啦啦话"。"啦啦话"就是在要说的话的第一个字后面加上"啦啦"就行了，可是如果句子很长的话，就需要好好练习才能说出来。"舌啦啦头没啦啦有了的话，不啦啦能说啦啦话了，别啦啦这样玩！"意思是："舌头没有了的话，不能说话了，别这样玩！"我第一次说着"我啦啦回来了"回到家里的时候，妈妈丝毫没有吃惊，立刻说："你啦啦回来了。"一定是过去也流行过这种"啦啦话"吧！

三角形

有一件事我永远忘不了。为了升入我家附近的一所小学，有一天我参加了一场简单的考试。大约有 50 个孩子来到教室里，被安排坐到桌子旁边。每张桌子上都摆着五六块赛璐珞的图形块，有正方形、三角形，还有的形状很是奇特。一位女老师说：

"请把这些图形拼成一个大三角形！"

我一看就觉得"好简单"，立刻动手拼了起来。可是，不知怎么回事，总也拼不成三角形。一会儿三角形的斜边上凸出了正方形的一个角，一会儿三角形的底边又不是直线了，反正无论怎么拼也拼不出来。

老师说：

"拼好了的人可以离开教室，可以回家去了！"

不一会儿，先拼出三角形的孩子站了起来，得意扬扬地走出去了。我前面位子上的孩子也站了起来，我看着这个孩子，心想："我觉得自己比他聪明，可是……真奇怪！"

我百思不得其解，为什么我拼不出来呢？虽说我以前没有做过这样的事，可这不过是把五六块东西拼起来，组成一个三角形罢了，而我居然拼不起来！终于，我旁边的孩子也出去了，大部分孩子都走了，可是我还没有完成。我回头看了看，本来家长们都站在走廊上看着我们，可现在只剩下我妈妈还在那里了。妈妈在玻璃窗那里有些担心地看着我。我冲着妈妈笑着挥挥手，妈妈也对我挥了挥手。我不想让妈妈担心，不想让妈妈看到我很焦急。我全神贯注地重新开始拼起图块来，可是，不管拼多少回，一会儿出现一个箭头的样子，一会儿又成了一棵圣诞树，反正总是成不了三角形。终于，偌大的教室里只剩下我一个人了。我又回头看了看，妈妈笑着对我招招手，我也笑了，也冲妈妈招了招手。想想真是挺可怜的，一个才 5 岁的孩子，就那么不愿意让父母担心。我并不是怕妈妈会觉得我是一个什么都做不了的笨孩子，我只是不想让妈妈知道，我对自己做不好这个非常惭愧而且不甘心。我希望妈妈以为我其实能够马上做出来，可是为了好玩而故意装做不会做。

而且，事实上我应该能够做出来。

女老师终于走了过来，说道：

"哎呀，还没有拼出来啊？好了，不用拼了。"

这是一位非常漂亮的老师。我小声说道：

"我再试试看。"

可是，一想到老师站在一边看，我拼出来的图案竟然更加奇形怪状了。老师站了一小会儿，看看手表，说道：

"好了，就到这里吧。可以了，不用再拼了。"

老师的语气很是干脆。我觉出来老师的意思是"反正不管我等你多久，你也做不出来"。这和说"你是一个无能的孩子"是一样的。我伤心地站了起来。刚才来学校的时候，我是那么开心，可是……我虽然没有哭出来，可实在很想哭一哭才好。我看了看妈妈，妈妈朝我招手，我跑到妈妈的身边，说道：

"我拼不出三角形。"

妈妈说：

"就是让妈妈去做，肯定也拼不出来。"

我拉着妈妈的手走过走廊，走出了学校。外面已是天色昏暗。

"我进不了这个学校了吗？"

听我这么问，妈妈答道：

"会怎么样呢？还是能进的吧？"

我一边走一边想着，真希望看到那些各种形状的赛璐珞块儿，能够变成一个规规矩矩的三角形啊！"要是老师来拼的话，大概会立刻就拼好吧！"要是老师肯拼给我看看就好了。我并不是一个好胜的孩子，也并不觉得自己聪明。可是，大家都能够做出来的事情，为什么单单我不会做呢？这使我百思不得其解。而且，老师的那句"不用再拼了"还在我耳边回响。本来，我一直被人说是"把'反省'这两个字忘在娘肚子里了"，可是这一天发生的事情却让我深受震动，不得不反省了。

我回到家里，只对我的好朋友牧羊犬洛基说了心里话："真是太奇怪了！那么简单的事情，可是只有我一个人做不出来！或许，我的那堆图块里面错放进了什么不对的图形？可是，如果是放错了的话，老师应该能看出来呀！"我想洛基认真地听了我的话，而且能够理解我。因为洛基一直在温和地舔着我的手，仿佛在说："没关系！你是个聪明的孩子！"后来，我上学后拿到第一份成绩单的时候，也是最先悄悄地拿给洛基看。这是因为，我觉得洛基肯定会为我高兴。从这一点来看，虽说小孩子比大人们想的要懂事得多，不过也会突然做出一些莫名其妙的事情，比如说向狗倾诉自己的烦恼什么的。可是，狗会真的理解也未可知呢！至少我是从洛基那里得到了安慰，晚上睡了一个好觉之后，就把昨天的事情几乎忘得干干净净了。从第二天开始，我又回到了幼儿园，不过，在喊"再见三角形"的时候，我的声音比过去要小了一些，倒是千真万确的。

写下这些文字的时候，我觉得自己5岁的时候所想的事情，跟现在竟然没有多大的差别。如果要说有什么不同的话，那就是我现在能够走到那个挂着红拐杖的女孩子身边，对她说："能够见到你，我真高兴!"在品川车站的时候，我一定会和爸爸妈妈一起落泪……

可是，为了能够做到这些，竟然用去了我60年的时间!我非常喜欢的一位德国作家艾黎·凯斯特纳说过:

"重要的是，要和自己的儿时保持接触，这种接触尚未遭到破坏，也不会被破坏。一方面我们深知成年人和孩子是同样的人，一方面也为不可思议的事情感到新奇。"

这句话激励着我继续写下去。

关于读书

　　我第一次读契诃夫的文章，是在上小学低年级的时候。"什么？小孩子怎么可能读得懂契诃夫的书?!"要是个俄国孩子也就罢了，还是一个日本孩子！可是我确实读过。当然，那时候我还不知道契诃夫是俄国最杰出的剧作家，写过《海鸥》、《万尼亚舅舅》、《三姐妹》和《樱桃园》等等。后来，因为偶然的机缘，我成了一名女演员，在很多方面受到了契诃夫的恩惠，回想起我小时候就读过契诃夫的作品，真是非常有意思，也是非常巧的事情。我还在小学低年级的时候，读了契诃夫的文章，就佩服得五体投地，尽管是个小孩子，也感觉出"这是非常了不起的"，那篇文章就是契诃夫 27 岁那年写给哥哥的一封信。不过，多年以来我已经淡忘了这件事，这还是最近刚刚回想起来的，是美智子皇后陛下在电视上发表以《儿时读书的回忆》为主题的演讲时想起来的。皇后陛下是为了在印度新德里举行的国际儿童图书评议会而发表这次演讲的。演讲由NHK转播，我也观看了演讲的情景。皇后陛下讲述了自己儿时读过的书，以及读书的感想和关于读书的思考等等，实在非常精彩，令我深受感动。陛下还谈及了自己读这些书时的那个年代，对这一切我深表赞同。如果大家想一睹陛下演讲的全文，这篇题为《架起桥梁》的文章，已经由末森书库出版，我极力推荐大家读一读。在文中，皇后陛下从日本少年文库出版的《世界名作选》中，列举了自己读过的几本书。陛下记得真是非常清楚，听陛下一说，我的脑海中就浮现出了那套书的美丽的花纸封面，还有我过去经常去的那家书店的店面和书架的样子，真令人不胜怀念。当时我想，也许再也不会见到那本书了吧？可是，以皇后陛下的演讲为契机，这套新潮社在昭和十一年（1936年）出版的《世界名作选（一）·（二）》再版了。而且，其中还收入了我觉得"非常了不起"的契诃夫的那封信，使我不禁回忆起当年读这封信时的情景。上面说的是我小时候读契诃夫作品的事儿，不知不觉就说了这么多。

现在回头重读这套书，我深深感到山本有三先生主编的这套书真是非常优秀，书的各个角落都洋溢着山本有三先生的"要给孩子们最好的东西"这一思想。关于当年编书时的情景，石井桃子女士曾经写文章描述过，当时有多少博学之士聚集一堂，从世界名著之中遴选精品，才编成了这套书啊！而且，在翻译上又花费了多少心血啊！山本有三先生反复强调，翻译"一定要用孩子们一听就能明白的语言"。所以，这虽然是一本给孩子们看的书，但现在再看，会吃惊地发现书上列着的都是超一流的翻译家的名字。书中有小说、书信、传记，也有诗歌。山本有三等诸位先生毫不谄媚孩子们，也毫不怀疑孩子们能否觉得这些东西有趣而去读它们（我想，应该是这样的吧），给我们选出了这么优秀的作品，我衷心地感谢山本等诸位先生。

再说契诃夫的那封信吧。那是27岁的契诃夫写给和他年纪相仿的哥哥的。仅仅27岁，就能够写出这样的信来，真不愧是契诃夫啊！我现在虽然懂得了这些，但小时候当然是似懂非懂。但是，这封信给我的印象非常深，我也非常喜欢。我觉得最有趣的是洋溢在信的全文中的幽默感。我很想把信的全文介绍给诸位，可是那样未免太长了，所以我把自己特别赞叹的部分摘录在这里。值得庆幸的是，文章中的难字上都注有发音，所以当时低年级学生也能看得懂。

下面就是契诃夫的《写给哥哥的信》：

致尼古拉·巴甫洛维奇·契诃夫：

你经常对我抱怨："别人不理解我！"歌德和牛顿都没有过这样的抱怨吧。不过，基督倒是这样抱怨过，可他也并不是说别人不理解他自身的那个"我"，而是指别人不理解他的教义。不要说这样的话了吧，因为人们是非常理解你的啊！（中略）

我可以对天发誓，我作为你的兄弟，而且，作为和你性格相近的人，我理解你，并且对你怀着发自内心的同情……我非常了解你出类拔萃的性格，正如我了解自己的五根手指头一样。我尊重你的性格，并且对之怀有深深的无上敬意。（中略）

不过，你有一个缺点。（中略）那就是，你极为缺乏教养。请原谅我这么说，不是有句话叫做"真理要大于友情"吗？……如果你想在有才之士的圈子里保持愉快的心情——也就是说，为了使你在他们中间不至于感到低人一等，不至于感到拘束无趣，那就必须要使自己有一定程度的教养。（中略）

在我看来，有教养的人必须具备以下几个条件：

一、他们尊重人格。他们总是很宽容、很温和、很殷勤、很谦逊。他们不会为一把锤子或者找不到橡皮而吵得四邻不安。和别人一起生活的时候，他们既不指望沾光，分别的时候，也决不会说什么"和你在一块儿简直没法过日子"。他们容忍噪音，容忍寒冷，容忍肉烤得太老，容忍别人待在自己的家里。

二、他们不仅仅对乞丐和猫怀有同情，他们还会因为普通人的眼中看不到的事情而忧心。他们会为了帮助别人，为了替伙伴付上大学的费用，为了让母亲穿暖而彻夜难眠。（中略）

四、他们非常诚实，他们害怕说谎如同害怕烈火。即便是无足轻重的小事情，他们也从不说谎。谎言不仅是对倾听者的侮辱，也使得说话者在倾听者眼中显得卑俗。（中略）

七、他们尊重自己的才能，如果自己确有才能的话。他们为了发展才智，愿意牺牲平安、美色、美酒和虚荣。他们为自己的才能而自豪。他们深知一个道理，即自己不仅是和别人一同生活，而且还负有教育、影响他人的使命。（中略）

八、他们注重在内心中培养美好的情感。他们不会穿着衣服睡觉，不会盯着墙缝看里面趴着的臭虫，不会去呼吸污浊的空气，不会往自己行走的地板上吐唾沫，也不会去吃那些低廉、劣质的饭菜……

他们不会一边走路一边喝酒，不会去胡乱拨拉柜子搜寻一点吃的，因为他们知道自己和猪有所区别。他们只是在闲暇的时候，偶尔会喝一点酒。这是因为他们追求一个有着健全灵魂的健全的躯体。

嗯，大致就是这样子吧！有教养的人就是这样的啊。（中略）

我们需要的是每时每刻不间断的努力，坚持不懈的读书、研究和意志。每一分钟都是宝贵的。（中略）

快到我这里来吧。把酒瓶砸碎，好好坐下来读书吧！至少读一读你还没碰过的屠格涅夫的作品吧！

一定要抛弃虚荣心，因为你已经不是小孩子了……你马上就到 30 岁了吧？已经到时候了！

盼望着你来……我们都在盼望着你。

你的安顿
1886 年于莫斯科

这封信之所以能够打动我，大概是因为我从中体会到了契诃夫善良的心地吧。读这封信时，我最感兴趣的是"有教养的人是怎样的"这一点，当然，一个小学低年级的学生，还不明白"有教养"究竟是怎么回事。但我还是看懂了这封信好像写的是一个人怎样才能成为很好的人。我还看懂了要成为有教养的人就应该读书。所以我就决定读书。在那之前我虽然已经识字，而且也会看书了，可是这回我第一次决定要"读书"。

另外，皇后陛下还提及了这套《世界名作选》中的凯斯特纳的诗作《绝望NO.1》。我记得凯斯特纳的另一篇作品，那是被收入这套书的第一辑的《小不点和安东》。文章讲的是一个像点点一样小的小姑娘的故事，让人捧腹大笑。自从看了这篇故事以后，我成了凯斯特纳的忠实读者。后来，我终于忍不住给凯斯特纳作品的译者、德国文学专家高桥健二先生写了信，蒙先生厚谊，与先生有了书信往来。那是我上大学时的事了。高桥先生提议在我们书信的末尾写上"暗号：凯斯特纳"。我们的书信往来一直持续到最近先生以95岁高龄辞世为止。高桥先生也是一位幽默的人，由于先生的帮助，我还收到了凯斯特纳的书信。多蒙高桥先生的指点，我不仅能尽情阅读凯斯特纳的作品，也能够读懂歌德、黑塞和格雷厄姆的书了。细想一下，以小学低年级读过的书为机缘，竟然能够引出这么美好的故事来。

说起书来，还有一件很有意思的事。我上高中的时候，或许再晚些时候，我迷上了英国女作家达夫妮·杜穆里埃。

只要她的新书一出版，我就找来读。一般说来，杜穆里埃的作品中，《蝴蝶梦》因为被拍成了电影而比较有名，不过我最喜欢的是《爱情至上》，另外，《只要爱了》也很好。光听作品的名字，给人一种甜腻的感觉，但作品本身却蕴涵着一种让人难以想像的神秘之感。不过，我虽然一直是杜穆里埃的忠实读者，可是不知不觉之中我的手头就找不到她的书了。几年前我特别想读她的书，在书店里四处搜寻，又拜托熟识的旧书店帮我留意，可总是没办法凑齐她的全集。后来，我在《彻子的小屋》节目中，不知和哪位嘉宾交谈的时候，说起了书的事情，我说了自己想要收集杜穆里埃的作品的心愿。没想到不久之后，我就收到了杜穆里埃作品的译者大久保康雄先生的儿媳写来的信，信中写道："我们手头还有少许父亲留下的全集，如果您喜欢的话，我们想送您一套。"这真是让人喜出望外的好消息。

我年轻时想读的杜穆里埃的书大部分都是大久保康雄先生的译作，所以我真是久仰大久保康雄先生的大名。遗憾的是先生已经去世，但先生的儿媳却愿意惠赠我一套全集，这真是求之不得的好事，我立即回信说"愿意欣然领赐"。现在，我的书桌上就摆着杜穆里埃的全集，一共 10册。我年轻的时候就喜欢读她的书，到了现在的年纪再回头重读，细细地体味着只有在书中才能得到的韵味，越发感觉她是一位有个性的作家。这也是有关书的一段佳话，所以我也把它写下来了。

再说契诃夫的那封信，除了读书这件事，我还注意到第二条中的"他们还会因为普通人的眼中看不到的事情而忧心"这句话。"为了……眼中看不到的东西？莫非是妖怪吗？还是什么？"当时我看到这句话，只能这么胡思乱想，可是我却记住了这句话。随着自己慢慢长大，我渐渐明白了普通人眼中看不到的东西究竟是什么。正像我在心中决定要好好读书那样，我还决定"也要为眼睛看不到的事情而忧心"。小学低年级时的我，在大人们看来，只是一个让人无计可施的差劲的孩子。那时候谁能想像得到，我正在思考怎样才能做一个有教养的人，因而在一字一句地读着契诃夫的文章呢？一个刚上了小学一年级几个月就被退了学的孩子，居然在想着怎么去做一个有教养的人，而且还是一个人在默默地思考着！即使大家都觉得我毛病很多，比如天天蹿来蹦去，没有一刻安静，一发现什么有趣的事情马上凑上去，见了任何一个坑都要跳进去，不听大人的话等等。可是我仍然在听，仍然在思考着。

现在的孩子们虽然没有这样的习惯，但假如没有电子游戏之类的东西，他们去读书的话，一定会和我一样喜欢契诃夫的信。因为孩子们一生下来就从神明那里得到了这样的能力。

凯斯特纳说：

"孩子们是用心灵去领会着文字的。"

确实如此，我就是这样去读契诃夫的信的。

再见了，四季剧院

　　我独自站在彩屑飞舞的舞台上。这是我出演的玛丽尼·迪特律音乐会结束的那一瞬间，这也是戏剧《玛丽尼》结束的时刻。如果在平时，戏剧结束时不会有彩屑飞舞，不过由于今天是最后一场演出，而且从此以后我将告别在这里演出了 12 年之久的四季剧院，所以此时剧院被笼罩在极为兴奋的气氛中。我知道玛丽尼·迪特律在最后一场音乐会，也就是从此告别观众、抽身引退的时候说的台词。我决定在真正要告别的时候再说这些话。我所演唱的迪特律的名曲《莉莉·玛尔莲》、《花逝何处》、《坠入爱河（出自"叹息的天使"）》的余音，仿佛还回荡在剧院的上空。我走近话筒，满怀真诚地说出了迪特律最后的台词：

　　"我的最后一场音乐会结束了。诸位，你们看到我的泪水了吗？我的心中充满了感激。再见了！特别是我要对自己在战争中拥有的勇气说一声'再见了'！"

　　迪特律是一名德国人，但她在二战中却成为了美国士兵，前去慰问战斗在最前线的美国战士们，她和希特勒及纳粹政权进行了彻底的斗争。对于亲眼目睹了战场上众多悲惨场面，而且被祖国德意志的人们唾弃为"叛国者"的迪特律来说，上述话语无疑是出自她的心底。我说完最后的台词之后，像迪特律那样，深深地躬身致谢。我的眼前浮现出了许许多多的往事，心中不禁百感交集，几乎落下泪来。真是往事如潮啊！当我第一次在这个剧院演出的时候，和我共同主演戏剧《莱迪丝和拉伯第》的山冈久乃君曾经和我约定："等我病好了，我们再演一次吧！"可是他竟然一病不起。这悲伤的一幕在我脑海中掠过。我抬起头来。这时候，我看到了自己平生从未见过的景象，那就是：剧院中的来宾们都从坐位上站了起来，热情地拍着手！在英美这被称为"standing ovation（起立鼓掌）"，这是一个演员最光荣的瞬间。我把这些掌声作为大家对迪特律表达的敬意，作为惠临四季剧院的来宾们的善意而欣喜地接受了。幕后诸君准备的雪花也飘落到了来宾席上。和我一同演出的久世星佳和矶村千花子两位女士也出来谢幕。演员只有我们三个，再就是演奏家们了。我们鞠躬，挥手，这时候我已经不是迪特律了，我又恢复了自我，向剧院表达了我的感谢。我也向四季剧院的有关人士表达了谢意，我在四季剧院演出共达13次，是在这里演出次数最多的演员，我感谢剧院的负责人决定把我的公演作为剧院的最后一场演出。我还向 11 年前请我作为舞台剧演员到剧院演出的艺术总监高桥昌也先生表达了我的感谢，高桥先生也是《玛丽尼》的演出者。

我曾经立志要演一些好的喜剧，四季剧院的观众们接受了我的这一想法。我饰演的角色中，有美国西部第一位自立女性卡拉米提·简；有歌剧演唱家玛利亚·格蕾斯；有法国著名女演员莎拉·贝尔纳，她在 70 岁时因手术切除了右腿膝盖以下的部分，却仍然继续单腿活跃在舞台上，去世后被以国葬的礼仪安葬；有物理学家居里夫人；还有上述的那位好莱坞黄金时代的巨星玛丽尼。能够饰演这些充满了真正的魅力的女性，真是我的幸运。

后来从第二天的报纸上得知，这一次观众们的掌声竟然持续了 30 分钟之久。

站在雪花飘舞的舞台上，突然，一幕场景从我眼前掠过，那是很久以前，也是一个下雪天，我因为哭泣而被警察呵斥的情形。

那时候我正上小学，那是个星期天，我和一个男孩子一起去教堂上主日学校。那一天东京雨雪交加，寒冷彻骨。当时食物已经靠配给了，只能吃到一点点东西。我们食不果腹，饥肠辘辘，肚子没有吃饱，更是觉得寒冷。

在我们孩子之间的口号是"冷，想睡觉，肚子饿得慌"，每逢遇上点什么事，我们就会这么说。当时我和那个男孩子的手都冻僵了，天气非常寒冷，再加上当时已经没有什么像样点的衣服了，更加觉得冻得难受。那时候我们

再见了，四季剧院

的个子一个劲儿地长高，可是买不到衣服穿，所以我们的样子都糟糕透了。雪融化了，地上泥泞不堪，冰冷的水渗进了靴子里面。雨珠夹着雪粒打在我们的脸上，我和男孩子手拉着手走着，不知不觉眼泪就落了下来。再看那个男孩子也在抽搭着鼻子。我觉得更伤心了，忍不住哭出声来。眼泪落在脸颊上，周围一切都是冷冰冰的，只有眼泪是热乎乎的。最后，我和男孩子一边走着，一边呜呜大哭，就这样一路走向洗足池附近的洗足教堂。在大井町铁路线的路口那里有一个警察亭，站在门口的一个警察看到我们，厉声喝道：

"喂，你们！你们哭什么！"

我吓得心里怦怦直跳，努力鼓起勇气，说："因为太冷了。"男孩子抽搭得更厉害了。于是警察对我们说道：

"你们想一想，前线正在打仗！你们能因为天冷一点就哭吗？不要哭了！"

我们止住了哭声，警察又接着说道：

"行了，走吧！不就是冷一点吗？不要哭了！"

那时候，我知道了"对战争来说，哭是没有用的"。所以，从那以后，在战争中无论发生了什么事情，我都没有哭过。那天和我手拉手的那个男孩子，后来怎么样了呢？冻得僵硬的两只手拉在一起的感觉，直到现在还清晰地留在我的记忆中。可是50多年已经过去了，那个男孩子还记得那一天的事情吗？

站在掌声中，我还想起了另外一件事。那就是：

"这是怎么回事？到底是从什么时候开始，我能够这么

自然地站在人们面前？"

　　说来也许大多数人都不会相信，我从小最讨厌的就是站到大家面前干什么了，那样我会非常害羞。如果是在朋友们之间玩玩笑笑，或者站在地上比较高的地方说话，我是非常喜欢的，可是一旦让我站到学校礼堂的台子上之类的地方，哪怕只比平地高一点，让我"表演点什么"的时候，我就绝对不行了。

　　有一天，巴学园的校长先生想出一个好主意，就是中午大家围成一圈在礼堂里吃饭的时候，让一个人站到正中间说些自己喜欢的话题。先生根据自己在国外生活的经验，认为今后孩子们有必要能够在大庭广众之下，把自己的想法清晰地、自由地、毫不拘谨地表达出来，所以先生和孩子们商量："我们来试试这个吧！"我们都觉得非常有趣，大家十分赞成。说是"大家"，其实全校学生总共也就 50 人。我们班级有 9 个人。我决定要说《公主和王子》的故事。那时候，我觉得把自己喜欢的公主的故事讲给大家听，并不是讨厌的事。无论是擅长表达的孩子，还是不善言辞的孩子，每天轮流站到大家面前说话。我很喜欢这样做，自己讲了好几次。可是不知道为什么，一旦要我站到台子上做什么的时候，我就会紧张不安。校长先生有一天让我站到台子上，说："来，唱一首歌怎么样？"我非常喜欢校长先生，想尽量顺应先生的意愿，所以就站到了台上。唱的歌就是当时大家都学过的那首《故乡》，开头就是：

　　"追逐小兔子的那座山啊……"

校长先生弹起了钢琴，我准备开口唱了。可是我只发出了"追——"这一声，无论先生怎样为我弹着前奏，努力使我容易开口唱，我都只能发出"追——"的声音。这个"追——"就是"追逐小兔子"的那个"追"。一连试了好几回，我拼尽全力却只能发出"追——"这一声，简直像是呻吟一般。终于，先生只好放弃了想让我唱歌的努力。

　　如果先生看到现在的我，他会说些什么呢？先生所见的我，是那个只会哼哼一声"追——"的可怜的小女孩。但是，先生的话一定会让我更加自信。先生对低年级的我每天都要说好几遍：

　　"你真是一个好孩子！"

　　先生一直不断地对我说着这句话。那时候我还没有注意到"真是"这个词，想当然地认为自己就是一个好孩子。先生的这句话让我拥有了自信，"因为老师说我是好孩子嘛"。

　　如果先生看到我站在如雪花般飞舞的彩屑中，被热烈的掌声所围绕着，我想，他一定会说：

　　"怎么样，我说过吧？你真是一个好孩子！"

　　观众席上，伴随着掌声同时响起的是观众们的欢呼声，其中有男子响亮的声音，也有声音很小且有些拘谨，却饱含感情的女子的声音。

　　望着向观众席飘落的彩屑，我用力地挥手和四季剧院告别。

多亏了贝多芬

　　新年结束后，我去听了斯诺勃利先生指挥的德莱斯汀国立歌剧院管弦乐团演奏的贝多芬第九交响曲。我非常喜欢第九交响曲，特别是每当听到《欢乐颂》，心中就充满了喜悦。（可能大家都是这样的吧。）"音乐是多么美好的东西啊"，这句话虽然是老生常谈，但我还是忍不住说了出来。这一次我去听第九交响曲的时候，有了一个非常重大的发现。

　　20年前，我用《窗边的小豆豆》这本书的版税创建了社会福利法人小豆豆基金会，用于全方位地支持日本第一个专业聋哑人剧团。每当别人问起："为什么要创建这个剧团呢?"我总是会说："我出生在音乐家的家庭，从小就有很多机会去大厅或会堂参加音乐会，我自己成为演员以后，更是经常去看戏剧、歌剧和芭蕾等。大家都会发表

'那个不错，这个没意思'等个人意见，但对失聪的人来说，却难得有作品使他们能够真正懂得并感受到其中的趣味。所以他们去剧院和音乐厅的机会就非常少了。因此，我希望能够有一种演出，使听得见的人和听不见的人都能感到同样的快乐。"我总是这样回答。

美国拥有世界上最知名的美国聋哑人剧团，这是一个专业剧团，我从30年前就和剧团的人成为了朋友。剧团在百老汇得过"托尼奖"的特别奖，被称为美国的国宝。我常想，在日本也能有这样的专业剧团就好了。特别是从1971年开始，我在美国住了一年，这段时间我经常去看演出。我从很早以前，就认识了很多日本的聋哑人士，当被问及："想不想看一下美国的专业演员表演的戏剧呢？"大家都说："一定要看看，一定要看看。"所以，我和美国聋哑人剧团的人计算了一下路费、住宿费和餐费，感觉还有能力邀请他们到日本来，所以就定了一个计划。特别凑巧的是，那时候日本文化财团对我说，如果我能够和美国聋哑人剧团一起演出，我将他们的话翻译成日本的手语，将英语台词用日语讲出来，一起去各地公演的话，那他们将负责邀请的费用。那是1979年的事情。我喜出望外，立即向剧团提出了邀请。这次公演在日本各地都得到很高评价，NHK和很多电视台都作了转播，手语受到了广泛的关注，人们发现手语原来这么美好，这么富于感染力和表现力。当时几乎可以说掀起了一股手语热。

那之后又过了两年，美国聋哑人剧团再一次在日本举行了公演，我也一起在各地参与了演出。节目有很多，最使来宾们感动的是美国有代表性的剧作家索恩顿·华尔达的《我的城市》。现在我所支持的日本聋哑人剧团的成员们，就是在看了那次公演的第一场演出之后才聚集起来的。大家都觉得："如果聋哑人也能成为专业演员的话，我们想试一试。"现在剧团已经有大约20名专业演员了。剧团很擅长用手语表演古典滑稽剧，13年前因为创造了新的视觉艺术形式而获得艺术节奖。剧团也收到了很多来自国外的邀请，去年去了俄国、德国和匈牙利进行演出。古典滑稽剧是由我一向尊敬的大师三宅右近从开头手把手教的，每年都要在国立能乐堂举行春季手语古典滑稽剧大会。

我们在表演节目的时候，总是尽量使听力健全的人和失聪的人都能一起快乐地欣赏。除了古典滑稽剧，我们还尝试演出了新的戏剧。现在电视和电影中如果需要用手语，人们几乎都来请日本聋哑人剧团的演员们去教手语。就在近期，他们还参加了酒井法子的《星星的金币》和电影《我爱你》的制作。

由于我们的基金会获得了社会福利法人的资格，我们必须建一座办公大楼作为职业培训场所。我在品川区的大崎物色了一块地皮，建起了小豆豆文化馆。演员们也在那里排演戏剧，但主要的功能还是给残疾人士创造一个能够工作的环境。现在，在馆长的指导下，大约有20人在从事印刷T恤衫和制造点心纸盒的工作。文化馆还开了教手语的学习班，由几位聋哑人演员进行指导。聋哑人演员所教的手语非常有趣，评价很高，学习班总是人满为患，人们甚至要排队等候，有很多主妇都成了手语翻译。有的年轻艺人也过来学习手语，每当我想起这些，心中就充满感激。长期以来，用手语说话总是让人感到难为情，但现在对大家来说，能够用手语交谈已是引以为自豪的事了。我身为基金会的理事长，得到了大家的很多帮助，同时也必须解决筹集资金等许多重要的问题。

另外，我发现手语是一种极好的交流工具，这是听力健全的人所无法想像的。用口头语言来进行对话的时候，当我们遇到外国人，就会想："这可怎么办呢？"但是美国聋哑人剧团的一位男演员曾经对我说："无论对方使用的手语和我多么的不同，只要给我三个小时，我就能和他进行日常交流。如果给我一个星期，我甚至可以和他讨论哲学。"如果世上的人都使用手语的话，我们也许可以更快地和外国人交谈。人们经常问我："手语难道不是各国都一样的吗？"因为手语也是来源于生活，不同国家的手语有相当大的差异，这也是没有办法的。

本来是谈贝多芬的第九交响曲的，不知不觉就把话题扯远了。因为我很想向大家介绍一下我所创立的剧团，哪怕说上三言两语也好，就写了上面的话。这就是我创立聋哑人剧团的理由。

在听德莱斯汀乐团演奏第九交响曲的时候，我还想起了一件早已淡忘多年的事，那就是小时候爸爸曾经带我去看过电影《乐圣贝多芬》。那时候，从国外进口了许多描写乐圣的电影，比如像描写舒伯特的《未完成交响曲》等。看《乐圣贝多芬》是50多年前的事了，电影的梗概我已经记不清了，但我记得有一幕是，贝多芬的耳朵渐渐变聋，破旧的木百叶窗"啪嗒啪嗒"大声响着，但贝多芬完全听不到，真是非常可怜。我印象最深的是，贝多芬最后创作第九交响曲的时候，耳朵已经完全失聪，他躺在床上，这时音乐会上正在演奏着第九交响曲的乐章和《欢乐颂》。音乐声传入我们的耳中，但是从电影的画面中，可以清楚地看出，贝多芬无法听到这些。第九交响曲演奏完了，观众们热烈地鼓掌，可是镜头转到躺在床上的贝多芬的时候，立刻是一片沉寂，贝多芬就在这沉寂中悄然离世。贝多芬有一个品质恶劣的侄子，在贝多芬临死的时候，这个侄子还偷窃他的钱财。我还记得自己厌恶地看着那个侄子，心想："他真是个坏蛋！"当时我就想，观众们虽然那么热烈地鼓掌，可只有贝多芬自己听不到，他以为自己失败了，临死之际心中充满了绝望，这实在是太可怜了。我为他哭泣了很久。

听了德莱斯汀乐团的第九交响曲，我的重大发现就是：我之所以要创立聋哑人剧团，这其中还有贝多芬的第九交响曲的原因。我的前辈和同伴的很多演员说过："由于观众掌声的鼓舞，我才得以坚持到现在。"可如果听不到掌声呢？我真想告诉那些听不到掌声的人："他们在为你鼓掌呢。"贝多芬在一片沉寂的世界中，还写出了那样杰出的乐曲，他真是一个天才。可是得不到周围人们的理解，他心里该是多么痛苦啊！这真是太可怜了。只是因为他耳朵失聪，不管观众们的掌声有多么热烈，由于没有人告诉他，使他以为自己并没有为人们所认可，孤寂又凄凉地死去了。真令人叹惋不已！正由于我对此有了强烈的感触，才使得

多亏了贝多芬

我日后与聋哑人交往，使得我创立了这个剧团。如今发现原因在此，连我自己都十分惊讶。也许有人会认为，贝多芬虽然听不到掌声，但是《欢乐颂》在他的心中回响着，这已经足够了。可我还是想告诉他，人们在为你鼓掌呢。

在小豆豆所在的巴学园里，有几个身有残疾的孩子。但是校长先生从来没有说过"要帮助他们"这样的话，先生说的只是"要一起做啊！大家要一起做啊"。所以无论干什么，我都和他们一起去做。尽管如此，如果我没去听斯诺勃利先生指挥的德莱斯汀乐团的演出，也许我就不会想起自己是因为贝多芬的缘故而创立聋哑人剧团的吧。

另外，贝多芬的第九交响曲和我还有一个因缘，那就是如果没有第九交响曲，我就不会来到这个世上。

我的父母就是在贝多芬的第九交响曲的音乐会上相识的。当时父亲是新交响乐团（即现在的 N 交响乐团）音乐会的主办者，母亲则是东京音乐大学（那时称东洋音乐学校）声乐系的学生。再稍微扯远一点。人们经常会产生疑问：为什么在日本总是到了 12 月份，也就是年底的时候，音乐会上就要演奏第九交响曲呢？其实这一做法是由我父亲首倡的。我曾经问过他，原来竟是出于一个非常令人同情的理由，现在的音乐家可能都不愿意相信。简而言之，当时日本的音乐家都非常清贫，尤其到了年底，不得不买过年的年糕，身负债务的人也不能不还债，总之，很需要钱。那时候如果举办音乐会的话，演奏第九交响曲就一定能够卖得出门票。因为第九交响曲中有合唱的部分，这一点太重要了，当时只要对各个音乐学校的学生们说一声，他们就会免费来参加合唱。即便不是父亲他们那个时代，我在音乐学校上学的时候，也曾经被邀请去参加过好几次合唱，当然也是没有报酬的。据父亲说，学生们不仅不要报酬，他们还会对自己的父母、亲朋们说："我要在日比谷会堂演出。"所以会卖出很多门票。一个人只要帮忙卖出几张，会堂的坐位就满了。所以，能够救急的第九交响曲总要放在最困窘的年底来演出。如果我们国家能够对文化事业伸出一点援助之手的话，第九交响曲也就不必非得放在年末演出了。所以在国外，第九交响曲能够在人们喜欢的任何时候演出。

再说我妈妈为了参加合唱，和大家一起来到了日比谷会堂。那一天，妈妈穿着自己亲手编织的深绿色毛线衫和裙子，戴着绿色的帽子。妈妈那时候非常漂亮，从事电影事业的作家川口松太郎就曾经数次邀请她做演员。漂亮的妈妈穿上手织的绿色洋服，一定更加动人，在人群中非常引人注目。而另一方面，爸爸当时被称为"日本的海因兹"，是天才小提琴家，而且十分英俊。妈妈站在合唱团高高的台阶上，当然能够看清楚位于乐团最前面的爸爸。不过，爸爸能够从合唱团的众人之中发现妈妈，倒的确很让人佩服。而且爸爸还是近视眼呢！这也许是冥冥之中有神灵的指点吧？这一天两人相识了，以后开始交往，再后来就结婚了，不久就生下了我。所以我听到的第一首催眠曲就是《欢乐颂》。我还不太会说话的时候，就开始唱："欢乐女神，圣洁美丽……"可是，也许妈妈的发音不太正确吧，也可能是我小时候听得不准，反正我用德语唱的歌词仅仅是发音接近，很不准确，每当我唱这首歌的时候，芥川也寸志先生就会哈哈大笑，直笑得落下眼泪来。

不管怎么说，我是在《欢乐颂》中长大的，这真是非常幸福。在柏林墙被推倒之后，我去了东德，到歌词作者席勒的故居凭吊过。席勒的故居比想像的要小，但我在那里再一次回味着那句歌词——"在你温柔翅膀下面，人们团结成兄弟……"，感觉非常幸福。

柏林墙被推倒的时候，由伯恩斯坦指挥的交响乐团演奏了第九交响曲。这一举动引起了人们的广泛关注，由此可以看出这段歌词的重要性。

如果贝多芬没有写出第九交响曲，也许我就不会来到这个世上了。我一边对德莱斯汀乐团的演出报以热烈的掌声，一边在心中祈祷：但愿21世纪中，真的会"人们团结成兄弟"！

"狗耳朵"事件

　　天气预报说东京这段时间要下大雪，非常大的雪！可结果一点儿雪花也没看到。不过，这对我来说倒是件大好事，因为几年前我在一个大雪天曾有过一次非常惨痛的遭遇。那天晚上我要在东京附近的一处地方演出，午饭我是在家里吃的。

　　在有演出的日子里，吃饭是一个麻烦事，大家都为了吃饭的事费尽辛苦。如果在快要演出之前才吃饭的话，由于我的胃消化速度是别人的4倍，大脑的注意力全被牵扯到那里了，没办法完全把精力集中到台词上。所以我总是在演出前早早吃完饭。不过饭吃得太早的话，演出的时候肚子太饿，对身体也不好。但无论如何，我也不愿意把太多的时间和能量用在消化上。我并不是神经质的人，在这件事上虽然采取了一些权宜的做法，但还是会注意分寸的。

『狗耳朵』事件

就说这一阵子吧，我演出的是玛丽尼·迪特律的戏剧《玛丽尼》，除了第一幕和第二幕我是在后台上，直到戏剧以她那场有名的音乐会而结束，我没有一刻离开舞台。除了15分钟的休息时间以外，我一直在舞台上演出。我的台词达到了两千行。还有一种计算台词的方法是看到底有多少句。在戏剧《玛丽尼》中，自问自答和大段采访形式的独白要比对话多得多。剧本中，玛丽尼的台词就有两千行，而且我的剧本是B5大小的。所以在演出的两个小时里，真的是一秒钟也不能分神。

再说我遭遇惨痛的那个大雪天。那天，雪是从前一天晚上开始下的，东京已经积了很厚的雪。午饭后我想吃个苹果，人家送给我的苹果放在我的公寓小阳台的纸箱里。我把那个阳台称为"南极"，需要冷藏的东西就放在阳台上。打开铁门后，纸箱并不在跟前，而是放在另一头。雪还在纷纷扬扬地下着，天气非常冷，我快步跑过去，把手探进纸箱里拿了苹果出来。苹果是我喜欢的"富士"，而且苹果的正中间可以看到三个大字"日本一"。

"哎，说它是日本第一呢！"

我两手各拿一个苹果，满心佩服地端详着。这大概是在苹果变红之前，先在苹果的正中间贴上"日本一"的字样，等后来把字样去掉的时候，字样周围的部分都变红了，惟独字样所在的部分还是白白的，这样，"日本一"的字就清晰地留了下来。

我拿着苹果，想要看一看雪下得多大了，就向外张望着。这时候我才发现从那里几乎看不到天空。在那以前，我还没有从"南极"看过天空。这座公寓在设计上颇有特点，阳台上方有一条很大的混凝土梁，为了防止鸽子飞进来，阳台栏杆上方有铁丝网状的篱笆，高高地伸展上去，只有从混凝土梁和篱笆之间约30厘米的缝隙中才能见到天空。

我倾斜着身体，侧头去看天空，但还是看不清楚雪到底有多大。我把身体斜得更厉害了，想不管怎样也要看清楚才好。当时我真是糊涂，本来我可以回到房间里，从窗口很容易就能看到天空，可我却非得从那一线窄窄的缝隙中去看。因为当时我想的是要直接看到天空。这个"南极"的混凝土地板上有一处需要留心的地方，这一点我以前就发现了。那里本来有一面隔离墙，发生火灾的时候可以隔开旁边的屋子，现在只剩下了一道铁栏杆，离地板大约20厘米高。这道铁栏杆横在那里，像是马拉松比赛的终点。我一直很留心这里，刚才拿苹果的时候也是"嘭——"地先跳过铁栏杆。可是当我在狭窄的地方倾斜着身体费力地去看下雪的样子的时候，不知不觉地就靠近了铁栏杆。我好不容易看到了灰蒙蒙的天空和雪花，知道雪下得的确很大，一边想着"啊，好冷好冷"，一边向屋里走去。

我这么写，大家可能会感觉我的行动非常缓慢，实际上刚才的这一系列活动总共只用了大概5秒钟——从房间里出来，来到"南极"，跨过铁栏杆拿出苹果。

"哇，日本第一！""雪下得怎么样了？""哦，还在下呢！好冷，好冷！进屋吧！"

这期间一共5秒钟。可就在我要跑回房间的那一瞬间，不知什么时候我的脚已经靠近铁栏杆了，我猛地抬腿要跑的时候，脚伸进了铁栏杆下面，"啊——"的一声，我的身体横着飞了起来，脸重重地撞在了混凝土和铁门上。

"嘭！"

发出了一声巨响。这个时候我却没有"好痛"的感觉，两只手里拿着的苹果顺着敞开的房门滚进了房间里。在我的手触地之前，我的脸先撞上了什么东西。我想要站起来，却看到鲜血啪嗒啪嗒地落在了混凝土地板上。"啊，眼睛还看得见。"我真是格外冷静。接着，我站了起来，匆匆地向冰箱走去。这是因为我想起了几十年前的一件事。

这件事是泽村贞子女士告诉我的。我一直叫泽村女士"妈妈"。有一次妈妈在电视剧中扮演一个死去的人，正当她躺在那里拍摄的时候，布景中天花板上的荧光灯突然掉了下来，正砸在妈妈的脸上。拍摄现场一片骚动，大家七嘴八舌地问："没事吧？"妈妈叫道："别叫了，拿冰给我！快拿冰给我！不早点冷敷的话，脸要是肿了，今天就没法拍了！快点拿冰！"

由于爸爸还在家里等着妈妈，这天如果拍不成，就只好改天再在这个布景中重拍，这是妈妈所不希望的，所以这天最好尽量拍完。冰送到了妈妈手中，妈妈用湿毛巾包着冰块，放在被打中的脸颊上冷敷。脸颊居然没有肿，电视剧继续拍了下去，妈妈顺利回到了家中，爸爸正在等着她呢。这件事我还是几十年前听妈妈说的，这时候却突然想了起来。"晚上还有舞台演出，脸肿了可不得了！"也许是这个念头刺激了大脑吧，我居然想起了已经淡忘多年的事情来。

我往塑料袋里装上水，放进冰块，匆匆忙忙地抓起旁边一块脏乎乎的抹布似的东西包起冰袋来，放到脸上冷敷。我还没来得及照镜子，还不知道是什么地方受伤了，但能确定伤在脸上。然后我跑进洗手间认真地照了镜子。右眼的眼角上方伤口比较深，好像血就是从那里流出来的。右眼下面颧骨那儿也有血迹，擦却擦不掉。仔细一看才发现看着像是血迹，实际上是那里的皮被蹭破了，有两厘米半的地方露出了皮肤下的肉。上面的皮肤已是摇摇欲坠，我正想把它拿下来，却发现一展开那块皮肤，它正好盖在红色的三角形的肉上，"嗯，那就这样吧!"我当时能这么做真是非常幸运，因为后来我知道这样的伤口被称为"狗耳朵"。另外我的嘴唇之上鼻子之下的地方也撞破了。我本来以为情况更糟糕，现在发现没有什么严重的，就想，就这样去剧院行不行呢? 但是鲜血还在往外流着，所以我给平时去进行健康检查的医生打了个电话。那是一位内科医生，我向医生说了情况，很认真地说:

"我在'南极'受伤了。"

电话中传出医生惊诧的声音:

"在南极受伤了?!"

于是我解释了一番，最后说道:

"没有什么严重的，就这样没关系吧?"

医生慌忙说:

"不行不行，撞破的地方一定要缝上才行。"

"缝?"

这对我来说可是生平第一次，我大吃一惊，几乎吼了出来。医生又提醒我道:

"是呀。今天外科大夫不在这里，请您立刻去有外科的医院看看。请您一定要去啊！"

我给事务所打了个电话，说了一下事情的来龙去脉。事务所立刻为我联系了一家熟悉的急救医院，办好了手续，可以立刻就去。我的经理来接我去医院。我换了衣服，在房间中找了一圈，想看看苹果到底滚到哪里去了，但是哪儿都没有，好像已经消失了一般。我有些不甘心，本来想把它吃掉的，真是很遗憾。事后我发现一个苹果从沙发底下滚到了钢琴的踏板下面，另一个也莫名其妙地滚到了一把椅子下面。因为是在饭后想吃点水果，才引起了这个事件，所以我还是想吃点什么。去医院以后，有一阵子会什么东西也不能吃，我找了一圈，拿起了一块很大的糖放在了嘴里，正在这时经理来了。看到她推门进来，我说道：

"真不好意思，让您担心了。"

但是我嘴里塞了一大块糖，说出来的话就成了："怎不好意稀，浪里担心了。"经理的眼睛本来就很大，吃惊的时候，眼睛就像要鼓出来似的。听了我说的话，她的眼睛像是真要掉出来了，满脸忧虑地问道：

"你说话已经这样了吗？"

经理的声音已经带了哭腔。那时她心里一定在想："看这个样子，今晚的戏是演不成了。"我完全没料到会出现这种情形，非常吃惊，赶紧把糖从嘴里拿出来，说："没关系，我能说话。"事后，我把这件事讲给朋友们听，大家都说我"真是个满不在乎的人"。我自己也觉得的确如此。

总之，我们就这样去了医院。令人吃惊的是，大雪天的急救医院挤满了老爷爷老奶奶，几乎没有立足之地。大家好像都是受了摔伤。我一边用脏乎乎的抹布冷敷着脸，一边立即被带入了放射室。我挺意外的，但想想这种情形下的确有可能出现骨折。在这种场合中，照X光片真是再屈辱不过的了。因为好像没有专供拍脸部照片的X光机，我就站在拍胃肠X光所用的床上，把脸朝下，摆出一副"对不起"的姿势，照了一张。然后工作人员又告诉我："好，屏住呼吸。"我又把脸贴在机器上。然后我还是站着，这回是把右耳贴在机器上照了一张侧面的，这也好像在说："我做了一件错事。"连总是不知道反省的我也在想："再也不这样做了。"

外科大夫是院长先生，他是一位豪爽而幽默的人。他曾经在美国学过很长时间如何处理这类事故中受的伤，是这方面的权威。先生拿起X光片，对着光看了一番，说道：

"嗯，没关系！没有骨折。"

又说道：

"如果运气不好的话，撞在了鼻子那里，也许就会撞死。"

我悚然一惊，如果我死在"南极"，手里的苹果早已经不知道飞到哪儿去了，人们不会知道我究竟为什么死在这种地方，只好得出结论说："她本来就是个怪人嘛！"大概就这样不了了之吧。如此想来，肯定有很多人去世之后还被人误解。先生又接着说：

「狗耳朵」事件

"您真是很幸运啊！要是撞得稍微偏一点，就撞到了眼睛上，那也不得了。人在瞬间还是能够进行自我保护的啊。"

我得知自己原来运气这么好，也高兴起来。

另外，先生看的那张脸部 X 光片，也引起了我的兴趣。我一直认为自己的颧骨比较高，头盖骨的形状很是怪异，但是看到那张正面照片，却发现脸部的轮廓细长美丽，让人很是着迷。再说侧面那张，我本来以为自己的后脑勺扁平，实际上却是很漂亮的圆形。我入迷地看着这张照片，向先生问道：

"先生，这么漂亮的头型真的是我的吗？会不会是和别人的弄错了？"

先生说道：

"这就是你的，今天只有你一个人拍了这样的 X 光片。"

看到自己头部的 X 光片这么漂亮，我非常激动，把两张照片拿在手里看了又看。最后先生吩咐护士："把照片收起来。"护士就把照片拿走了。先生开始看我的伤，我眼睛上方比较深的伤口必须进行缝合。令我感到意外的是颧骨处的那个皮肤几乎脱落的伤口，先生凝视着那个伤口，说道：

"这里是最麻烦的。这种伤口称为'狗耳朵'，就是皮肤像狗的耳朵那样呈三角形脱落。这种伤口一般很难恢复原样，大多要留下伤疤，伤在脸上的话真是很麻烦啊。"

先生又说道：

"不过，这个'狗耳朵'的皮肤还留在上面，这非常好。如果皮肤没有了，那就不妙了。"

我很想说："本来我觉得这块皮肤挺碍事的，还想把它拿掉呢。"但终于没有说出来。

先生似乎非常担心这个"狗耳朵"，几次三番地把那块皮肤翻起来又盖上，最后有些遗憾地说道：

"今天先把它放在上边，用创伤膏贴起来，看看情况怎么样。如果实在不行，就只有从别的地方取下一块皮肤移植上去了。但那样的话，大多也会留下伤疤，真是很麻烦啊。"

我这才深深地感到自己的确做了一件蠢事。我问先生："从别的地方取一块皮肤，那从哪里取呢？"

先生答道：

"这个嘛，可能是屁股上吧。"

我不由得笑了出来，把屁股上的皮肤移植到脸上来，还是觉得很滑稽。先生看到我笑了，亲切地说道：

"没办法啊，是要从屁股上取皮肤。因为您是演员，还是尽量别留下伤疤为好。"

我慌忙说道：

"先生，没关系，我并不是靠脸孔来工作的。"

先生说：

"您为什么这么说呢？请别这么说，我们试试看吧。鼻子下面的伤口要缝上。"

我又一次在心里念着："要缝！"

现在都是用显微镜一边观察伤口一边缝合。我躺到床上，一位年轻的医生过来了，在我脸旁边支上了一架显微镜似的东西。这位医生也有点儿怪，在给我缝眼睛上边的伤口时，医生说道：

"睡觉的时候还是闭着眼睛好啊。"

我很惊讶，问道：

"睡觉的时候确实闭着眼睛好啊——还有不闭眼睛的时候吗？"

"要是缝得稍微粗一点，眼睛就闭不上了，如果细细缝的话，就没关系。"

"那么请您给我缝得细一点吧。睁一只眼睛睡觉还是挺奇怪的。"

医生说了一声"好的，那么就缝得细一点吧"，就开始缝起来。因为注射过麻药，我倒是不觉得疼，我闭着眼睛，时时会听到剪刀剪断线或者什么东西的声音，感觉很是异样。

这位年轻的医生真是很有趣，他一边为我缝着鼻子下边的伤口，一边说道："很少有大人要缝这里，一般都是小学生。大人的这个地方也会受伤，真是很少见啊。"

不过医生还是非常认真地为我缝好了伤口，总共 14 针，也许是 16 针吧，最后医生叮嘱道：

"不要再冷敷了，今天晚上也许会肿一阵子，您要有个心理准备。"

我看到医生的正脸，非常年轻英俊，穿上白衣服，显得和谐极了。

因为我对院长先生说了晚上还要演出，先生在绷带上面贴上了与皮肤颜色相同的胶布，叮嘱道："在这上面化妆时，请千万不要揭去绷带，也千万不要直接把化妆品涂在上面。"于是治疗就全部结束了。眼睛上方是绷带和胶布，脸颊那里是绷带和胶布，鼻子下面还是绷带和胶布。而且还有可能会肿起来。这个样子，今天晚上的戏还能演得成吗？

那天我演的戏剧叫做《尼诺契卡》。匆匆赶到剧院以后，我急忙开始化妆，并且把大致情形向一起演出的演员们简单说了说。舞台剧和拍摄电影、电视剧不同，也许还能够蒙混过去，不被人看出来。终于开幕了，一切都照常进行着。《尼诺契卡》这部戏曾经由格雷达·戈尔勃将其拍成电影，但它最初是出现在百老汇的舞台上的。作为舞台剧，它富于喜剧性，又有很强的讽刺意味，非常有趣。演出结束的时候，女制作人飞奔过来问道：

"听说您脸上受伤了，是真的吗？在观众席上一点儿都看不出来。真了不起啊！靠着精神的力量就能不让脸肿起来！"

不管我有多么能干，我也没法靠着精神的力量不让脸肿啊！

这都全亏了泽村妈妈，我心中十分感激。的确，脸上一点儿都没有肿。绷带和胶布贴在脸上，也许人们能够看出来稍稍有点儿向外鼓，不过我的脸型本来就有点弯曲，有可能真的看不出来。如果是一个鹅蛋脸型的漂亮女演员，那一定会被看出来的。两天后，我遵从医嘱又来到了医院。不知道"狗耳朵"到底怎么样了？医生拿下绷带，高兴地说道：

"嗯，很好！也许用不着把屁股上的皮肤移到这里了！"

我也高兴起来。

一个星期后要拆线了。取下创伤膏仔细一看，我不禁吃了一惊，我的眼睛上方就像是漫画中缝合的伤口似的，黑色的缝合线像拉链一样历历可见。结果，"狗耳朵"的恢复能力让医生都感到惊讶，并没有留下什么疤痕，长得非常平整。眼睛上方的伤口却很深，不过不久也就看不出来了。晚上睡觉的时候，眼睛也能闭得上。

这件事过去之后，有一次我看电视，看到节目中有一位男演员，他曾经被汽车撞伤，他说道："鼻子下面缝了几针，我请求医生尽可能地缝得细一点，越细越好。"听了这话我不禁笑了。看来我真是个糊里糊涂的人啊！就算信赖医生，一个女演员似乎也该表示一下对容貌的关心什么的吧！

写这篇文章的时候，我照了照镜子，想看看旧伤现在怎么样了。眼睛上的伤和"狗耳朵"已经完全没有痕迹了。只有鼻子下面嘴唇之上的那处伤，根据光线的强弱不同，还能看出一点儿来。不过想一想，等年纪再大一些的时候，嘴唇周围的皱纹出来以后，大概就看不出来了吧。我偶然和我的助手说了这个想法，她立刻趴到了桌子上。我以为她哭了，没想到她是在笑："女人都为了脸上能少一些皱纹而绞尽脑汁，真没听说还有您这样的人。"说完她又笑了起来。

我之所以想到要写下这个"狗耳朵"事件，是因为这还是我第一次受这么重的伤。我从小就到处跑来蹦去，可是却从来没有受伤，想想真是挺奇怪的。

要说起我当年的淘气事儿，可真是不胜枚举，比如有一次我走在小学的礼堂后面的那条小路上，突然看到路上铺着一张报纸。"哎？一张报纸！"我全力向前跑去，不偏不倚地跳在报纸的正中央，可没想到那是厕所的掏口，盖子已经挪开了，掏口上面只盖了一张报纸，于是我就掉进了厕所里。

还有一次是在放学回家的路上，快走回家的时候，我发现路边有一大堆沙子。"不是在海边，却有这么一大堆沙子！"我大为兴奋，朝着沙堆猛跳过去。谁知那实际上是一堆抹墙的灰泥，只是在上面盖了一层沙子。所以我"扑哧"一声掉进了灰泥堆里，一直没到胸口，靠自己无论如何也拔不出来了。我手里提着的鞋袋也好，鞋子也好，双肩书包也好，全都成了铜像一样的颜色。直到妈妈傍晚出来接我时找到我，我就那样一直站在黏糊糊的灰泥里面，只露着一个脑袋。

战时我们疏散到青森县的时候，我把月票弄丢了，因为那时候没有车票卖，我只好一个人沿着铁路线走到学校。有一天，突然从我眼前的岩石对面的拐弯处驶来一列火车，这是一列临时运货车，出乎我的意料。当时我正走在铁桥上的枕木上，桥下就是河水。那个时候的东北铁路还是单线的，一时间真是前后左右都无路可去。无奈之下，我从枕木的间隙钻了下去，用手臂吊在枕木上。下面就是哗哗流淌的河水，火车轰隆轰隆地从上面经过，我在心里数着有多少节车厢，反正是非常非常长的一列运货车。我的手臂快坚持不住了。为了不让自己惟一的那双木屐掉到河里，我拼命地用脚趾勾住木屐。火车终于过去了，我把双肩书包当做杠杆，又爬回了桥上。很久以后，我才发现在山本有三的《路旁的石头》一文中描写了同样的场面。

像上面说的那样的事情还有很多，真是不胜枚举，可是我一次也没有受伤，这固然是比较幸运，另外可能还因为我的瞬间判断力比较好的缘故吧。我能够敏锐地感觉出该如何去做，并且发挥想像力来行动。

可是长大以后，我就决心不再像小时候那样到处乱跳了。原因之一是一个曾经和我交往的男孩子说："我总觉得你会掉到一个大洞里摔死。"我从此变得小心翼翼，每当我乘坐电梯的时候，总要先确认一下电梯的底是不是好好地在那里，为了这个经常会被人笑话。当电梯门打开的时候，万一电梯是没有地板的，那可不得了。剧院和电视台的播映室的搭脚处都不太稳当，而且又比较昏暗，我更是小心万分，夸张一点说，简直和宫本武藏①那样紧张。

当然，我代表联合国儿童基金会所去的国家，有的地方内战不止，一些地方可能埋着地雷，有的地方也许会有游击队出现，还有的是荒山野岭或者坎坷泥泞之处，什么样的地方都有。所以，我遵从当地人的告诫，无论看到什么，绝对不会"哇"地跳上去。

不过，也多亏了小时候喜欢跑来跳去，后来即便我去

----

① 宫本武藏(1584~1645)是日本江户初期的一位著名剑客。他为了修习武功而遍历日本各地，创立了二刀流派，后与佐佐木严流派比武，名震天下。晚年居住在熊本县，在水墨画方面也有很深的造诣。

穷困的农村，过河的时候，河上只架了一根竹子当做桥，我也能立刻判断出能不能过得去，脱下鞋子轻轻松松地就走了过去。有一位记者是个小伙子，在河对面说："不好意思，我有点害怕，不敢过去。"我很同情他，这大概是因为他小时候不喜欢跑来跳去的吧。

那么，我既然如今这么小心，"狗耳朵"事件又是怎么回事呢？若是有人这么问我，我只能说是因为下了大雪才会搞成那样的了。所以这一阵子东京没有下雪，真是很让人高兴。

我是 LD？

"爱迪生、爱因斯坦，还有黑柳彻子都是 LD。"

这句话是十几年前，有人从一本杂志上剪下来，从纽约寄给我的。那是日本的学者发表在杂志上的论文，我母亲的一位朋友、居住在纽约的一位日本医生把这篇文章寄给了我。"不管怎样，能够把你和那些人物相提并论，真令人高兴，所以给你寄过去。"——印刷品中夹着这样一封信。我看了不禁大吃一惊，究竟是为什么，要把我和这些天才人物相提并论呢？当然，我想不出我们有丝毫共通之处。不过，不管怎么说，这都是非常光荣的事情，令人欣喜，我也感到非常高兴。那时候，我还不知道所谓的"LD"是什么意思。

后来，据说我一位朋友的孩子是 LD，朋友对我说："要是你想了解 LD 的详细情况，就和我联系吧！"朋友还说自己参加了一个 LD 儿童的家长会。我一下子想起了上文中说爱迪生的那篇文章，不过当时百事缠身，也没有想要了解详情。不久，参加《彻子的小屋》节目的一位女演员有一个 LD 的孩子，于是我终于知道了什么是 LD。

LD 是 "Learning Disabilities" 的简称，日语中将它译为"学习障碍"，不过这并不太贴切，所以一般就直接称之为 LD。我去书店的时候，发现各种关于 LD 的书琳琅满目，不禁十分惊讶。但更令我吃惊的是，《彻子的小屋》的女导演在和那位女演员一起排练完节目后，回来对我说道：

"在妈妈们中间，都说黑柳女士是一个 LD 呢！"

不久，NHK 电视台的教育频道给我发来邀请，说："现在有的日本孩子患有 ADHD 这种毛病，很多人士反映，在拜读了黑柳女士的《窗边的小豆豆》之后，看到黑柳女士上小学的时候被退过学，感觉黑柳女士小时候也有这种问题。在《窗边的小豆豆》这本书中也写到了黑柳女士是由于受到了什么样的教育，才成为今天的黑柳彻子的。我们很想邀请您讲一讲小学的校长先生的事。"

我就去参加了这个节目。ADHD 就是"精力无法集中，多动症"的意思，据说患有这种毛病的孩子很多都同时患有 LD。"这到底是怎么回事呢？不知不觉地，原来我真有这种毛病？"就这样，我对 LD 的了解逐渐增加，不过真正具有决定性作用的还是今年 NHK 连续播映了四个晚上的节目《请不要说我是怪孩子》。这是一套关于 LD 孩子的节目，我认真地看了这个节目，看完的时候我已是泪流满面。我并不是自己想哭，只是泪水总也止不住，反正我是哭了。

我之所以要写《窗边的小豆豆》，是因为我非常喜欢小林校长，希望在自己还没有忘记他的时候，把那些故事记录下来。这本书并不是出版社向我约的稿。有一天晚上，我已经上床睡下了，突然又跳了起来，伏案奋笔，一口气写满了三张 400 字的稿纸，这就是后来小豆豆那本书的第一篇《第一次到车站》。我曾经和校长先生约定："等我长大了，要做这个学校的老师。"可是先生还没等到我实现这个约定就去世了，我也选择了一条不同的道路。即使是为了这个约定，我也应该告诉人们，曾经有这么一位校长先生，他真正地爱着孩子们，从心底相信每一个孩子都有自己的才能和出众的个性，他满怀着热情来对待孩子们。所以，书中也详细地写了我为什么进了普通的小学后不久就被退学了，妈妈费尽心思地寻找合适的学校，后来我终于进了校长先生创立的那所巴学园。

　　我一直认为，我之所以会被退学，是因为自己是一个充满了好奇心的精力旺盛的孩子，所以我坦率地写下了当时所有的真实情况。可是，我看了《请不要说我是怪孩子》这个节目以后，我却感觉到，在诊断了很多 LD 孩子的专家和研究者看来，《窗边的小豆豆》中所写的那些情形，无论哪条都是和 LD 的症状相吻合的。这一点我可真没有想到。我被退学的一大理由是上学的时候，我不肯坐到桌子旁边，而是一直站在教室窗子那里向外面张望。而作为 LD 的病例出现在节目中的一个男孩子，也是总不肯坐到位子上去，只要发生了什么有趣的事情，他就立刻站起来跑过去瞧瞧。

我也完全是这个样子，我站在窗子旁边，是为了等宣传艺人们。我特别喜欢宣传艺人，我想如果他们从旁边经过，我就叫住艺人们，然后告诉班里的同学们："来啦!"我们教室的窗子直接对着大路，这对我来说非常幸运，但对学校就很不幸了。宣传艺人们经过学校的时候，本来是停止吹吹打打，静悄悄地走过去的，可是我一瞧见艺人们，就告诉大家："他们来啦!"所以大家都一股脑地跑到窗边，齐声叫道："宣传艺人!"还央求艺人们："给我们表演一个吧!"难得孩子们这么热心央求，宣传艺人们就拉起了三弦，吹起了单簧管，敲起了钲啊鼓啊，开始了他们独特又热闹的盛大演出。这时候，那位年轻的女老师只能一直站在讲台上等待着，她心里肯定很不高兴。当宣传艺人们表演完毕之后，别的孩子都回到了坐位上，可我还是照样站在窗边。老师问我："为什么还站在那里?"我回答说："也许这些艺人们还会回来呢，也许还会有别的艺人们过来。"仍旧朝外面张望着。

关于这个被退学的理由，我自己并不记得了，是我妈妈听老师说的，等我长大之后，妈妈又告诉了我。不过，我自己也依稀记得一点片断。电视节目中也说，班里如果有了 LD 的孩子的话，上课就很难进行下去，确实是这样啊。

其实，在我跑到窗边之前，我就发现了一件有趣的事。那就是教室的书桌。家里的书桌是带抽屉的，往外一拉抽屉就出来了，可是学校的书桌却是有盖子的，要向上提。在那时的东京，我家附近的垃圾箱就是这个样子的。我发现学校的书桌盖子和垃圾箱的盖子一样，不禁大为高兴，上课的时候把桌子开了又关，关了又开，足足折腾了有上百遍。

老师对我说："黑柳同学，书桌的盖子不是用来开来关去玩的，而是为了往里面放东西的。"我一听连忙把桌子上的笔记本、课本和铅笔盒全都放进桌子里面。等老师说"大家来写'a'字"的时候，我先把书桌盖子打开拿出笔记本，关上盖子，然后又打开盖子，把头钻进去，从铅笔盒里拿出一枝铅笔，再关上盖子。然后开始写"a"字，如果写错了的话，又打开桌子盖拿出橡皮，再关上盖子。用橡皮擦掉以后，马上打开盖子把橡皮放进去，再关上盖子。写完一个字以后，我又打开盖子把铅笔放进去，然后关上盖子，接着又打开盖子把笔记本放进去，再关上。然后该写"b"了，我又打开盖子拿出笔记本，再拿出铅笔……就这样我不停地把桌子盖开开关关，看得人眼花缭乱。老师因为刚说过"是为了放东西的"，所以也不好再说"不许那样"，只能默默地看着我比先前更多一百遍地把桌子盖开开关关。

老师真是很可怜。不过我当时实在是对盖子太有兴趣了，才想出了这么个办法，我一点儿也不是有意要对抗老师。不过现在想来，当时教室里一定还有别的孩子也像我一样很想打开盖子玩，但是想"那样不行吧"，就虽然想干也没有干；另外一定还有从一开始就对桌子盖不感兴趣，所以也没有开来关去的孩子。还有的就是我这样的孩子，在感觉有趣的那一瞬间就那么做了。我有一个想法，就是老师如果在休息的时间里说："上课的时候我们不那么做，现在只要想做，大家就一起把盖子打开来再关上，好好玩玩怎么样？"大家一起开开关关，我一定会非常满意，上课的时候就不会再去开来关去的了。

如果大人们说了"不许那样"，孩子们就会偷偷地去做，所以如果老师能够像上面所说的那样，让孩子们高高兴兴地玩个痛快该多好啊！这也许是我自己很任性的想法，不过如果我是老师的话，我一定会这么做的。我不停地开开关关桌子盖，一连做了三天之后玩够了，然后就走到窗子旁边去了。我自己想的是，到窗子边上既能听到老师说话，又能够看到外面的光景。

"宣传艺人"事件之后，我竟然又发现了窗子上方有燕子正在做窝！我大声问道：

"你在做什么？"

老师问：

"你在和谁说话？"

老师急忙跑到窗边抬头向上看去。当发现我是在和燕子说话的时候，老师的神色极为恼怒，狠狠地瞪着我。然后回到了讲台上。事后老师对我妈妈说：

"我也不是不懂得孩子们的心思，可是在上课的时候还是不要那么大声问燕子'你在做什么'为好。"

电视中，有一个 LD 的男孩子和鸽子说话，说着说着就要顺着墙壁往上爬，结果被老师抓住了。

还有的孩子老是学不会写字，镜头上还出现了那个孩子写的字，在一张大纸上他只能稀稀拉拉地写上几个字。

我虽然能学会写字，可是在绘画课的时候，老师说"请大家画一面国旗"，我觉得画太阳旗太简单了，很没意思，所以就想到，要画一面当时叫做海军旗或者是军舰旗的那种旗子，样子有点儿像朝日新闻的标记。我用蜡笔在绘图纸上满满地画了一面旗子，才想起来："哎呀，忘了画穗子和旗杆！"无奈我只好在绘图纸外面，也就是在桌子上朝三个方向画上了穗子，旗杆也画在了桌面上。所以当我想要把画交给老师的时候，桌面上有三个方向留下了穗子痕迹，还有一面留下了旗杆的痕迹。能做出这样的事，看来我和别的孩子还是很不一样。蜡笔的印痕擦也擦不掉，老师曾经对妈妈说："现在印痕还留在桌子上呢。"

当观看这个节目的时候，我感觉最为震惊的是，LD 孩子的一大特征是不明白自己为什么会被老师责备。这真是千真万确。好像我当时总是被罚站到走廊上。这是我从事电视工作以后才确切知道的。在朝日电视台的《奈良的早晨》节目中，在《会面》这一栏目中，来到播映室的是那所小学的一位老师，当时她教的就是我们隔壁的那个一年级班！老师说她还清楚地记得我在一年级时的情景。据老师说，上课时她有的时候会有事去办公室，那时她就让学生们自习，当她来到走廊上的时候，总会发现我站在那里。当老师经过我跟前的时候，我就问她："老师，我被罚站了，为什么？"或者"老师，你不喜欢宣传艺人吗？"或者"我做错什么了吗？"等等。结果当老师打开教室门，如果发现我站在走廊上的话，就不出去了。虽然事隔多年，可是老师说起来就像是发生在昨天一样，播映室的人们听了都大笑起来，可我因为完全不记得自己被罚站这回事了，听了这番话不禁十分惊讶。

由于这种种事情，妈妈终于被老师请到了学校，被告知："在这里会干扰别的学生，请您把她送到别的学校去吧。"我成为一年级学生刚刚几个月就不得不退学了。现在想来，我衷心地感谢让我退学的老师，因为如果我不退学，又得不到理解，那我肯定会被很强烈的自卑感所笼罩，自己也不知道怎么做才对，就那么糊里糊涂地长大。可是我被退学以后，得以在后来的学校里度过快乐的小学生活，能够自由自在、无忧无虑地学习。

看过电视节目之后，我写下了自己了解到的有关LD的一些东西。过去肯定也有LD的孩子，可是他们得不到理解，反而被说成是家教不好啦，孩子自己不努力啦，任性胡闹啦什么的，也就是被看做"怪孩子"。而且很难判断的是，同为LD的孩子，他们的表现可能完全不一样。他们在智力上并没有问题，可是别的孩子都能做到的事情他们却做不了，他们或者安静不下来，或者无法参加集体活动，这些从外表上完全看不出来，小的时候也很难发现。有的孩子进了学校学习写字和算术的时候，可能就会遇到障碍。他们并不是完全学不会，比如说写"森"字吧，自己明明想好好写，可不知为什么老是摆不对位置，结果把三个"木"字写成了一排。据说这是由于在视觉空间的认知上存在障碍。想来那个孩子真是很可怜，他是那么努力地想要写好。

我想起大约20年前，有一位很有名的美国女画家出席了《彻子的小屋》节目。这位画家在年过三十的时候还不识字，但是她可以画画。她到了30岁的时候，觉得不能再这样下去了，于是到了美国专门为"读写障碍"的孩子们设立的学校去学习，终于在30多岁的时候学会了识字。读写障碍也是一种难以想像的毛病，有这种障碍的人无论如何就是无法理解字的意思。有识字障碍的人即便能够认识单独的字母 b、o、o、k，可当这几个字母组成一个词"book（书）"的时候，他们就无法理解了。女画家告诉我，她只有在蹦床上向上蹦跳的那一瞬间才能大声念出"书"这个词。很多进了美国的少年鉴别所和少年教养院的孩子都有这种读写障碍，可是他们却被说成是懒惰的人。被人这样误解，真是很可怜。所以那位女画家表示："我想让人们知道世界上还有这么一种病症，因而我在整个美国做着巡回演讲。"据说美国在很早以前就开始了对 LD 的研究。

　　LD 并非智力上有什么问题。很多孩子的个性都很强，也有的孩子能够在自己擅长的领域里学习。自己喜欢的事情，他们能够做得很好。很难用是否智力发育迟缓这个尺度来衡量他们。另外，据电视节目中说，大脑的功能和学习之间似乎有某种关系，这一点还没有明确的结论。这一项研究现在才刚刚开始，有很多问题并不清楚。正因为如此，LD 的孩子们常会受到歧视。所以，如果能早一点知道是 LD，能够得到周围人们的理解，自己就能够拥有自信心，那样，即使不能全面改善 LD 的情形，但因为具有了基本的能力，这些孩子也可以在周围人们的帮助之下成长。

虽说有些事情自己不擅长，但是可以发现自己喜欢的和擅长的事情，就能够目的明确地向前努力。据书上说，有 LD 障碍的以男孩子为多，男女的比例大致是 4:1。

我看着电视流泪的原因是，屏幕上出现的那些被称为 LD 的孩子们看上去就像我自己小时候一样。有的孩子总也安静不下来，到处跑来跑去，无论老师怎么提醒他，他还是特别喜欢去办公室，自己径直地跑进去，坐到老师的办公桌旁边一个人学习。我也是这个样子的。电视上介绍了一所学校，在那里如果出现这种情况，老师就一对一地在办公室里教学生。那样的话，孩子们就能够安静下来，集中精力学习了。

让我落泪的另一个原因是，我更加清楚地感受到，尽管小林校长根本不知道 LD 是什么，但他却给予了可能是 LD 的我极其适当的、完美的教育。首先，我们的班级只有 9 个人，坐位是不固定的，可以随自己的喜欢去坐。而且，早晨到了学校以后，老师会把一天内要学习的各科目的内容全部写在黑板上，大家可以从自己喜欢的科目开始学习。所以，大家实际上是在上自习，有不懂的地方就到老师那里请教，结果就是和老师一对一地进行学习。老师也一定能够了解每个孩子都对什么感兴趣，对什么不怎么擅长，能够详细地了解每个孩子的性格。学校里有几个孩子患有小儿麻痹症或者其他的残疾，校长先生从来不说"大家要帮助他们"之类的话，而只是说："要在一起啊，大家做事要在一起啊。"

所以我们无论干什么都是在一起的，当然不会有欺负残疾孩子的事了。而且后来我知道了，校长先生对每个孩子都说了鼓励他增加自信心的话。先生每天都要对我说好几遍"你真是一个好孩子"。我一直觉得自己就是一个好孩子，等我长大以后回忆起来，才注意到先生的话里有一个"真"字。先生的这句话几乎决定了我的一生，对我来说，这真是一句难得的金玉良言。因为这句话，我一直自以为是个好孩子，我信赖先生，怀着这份自信慢慢长大了。

巴学园就是这样一所学校，在那里会感觉自己总是在校长先生的关照之下，是令人安心的学校；对于有趣的事情，校长先生比我们考虑得还要多，是能够让我们开心快乐的学校；是无论孩子们怎样跑来跑去没有片刻安静，却仍然鼓励我们"再多跑跑也没关系"的学校；是每个人都可以爬"自己的树"的学校；是午饭后有时间说话，让不擅长说话的孩子们也能够慢慢变得善于表达的学校；是把礼堂的地板当做一块大黑板，趴在地上用白粉笔想画多大的图画都可以的学校。校长先生希望尽量早一点发现孩子们的个性，使孩子个性的嫩芽不至于被周围的环境和大人们扼杀，珍惜而又郑重地来教育孩子们。先生的这种教育方法对 LD 的孩子们不是也正好适用吗？看着电视节目，我感到了强烈的震撼。

现在在读《窗边的小豆豆》的有 LD 的孩子的妈妈们，还有请我谈谈小学时的故事的人们，原来他们已经发现了我可能是 LD 这个问题。据说美国现在大约一个班里 35 个孩子中会有一个孩子有 LD 障碍。

再来说说爱迪生、爱因斯坦和我有什么共同之处，如果要说有的话，那就是爱迪生也和我一样，上了几个月小学就被退学了。老师和朋友们都说他"无能"，只有他曾经当过教师的妈妈护着他，说："不，这个孩子绝对有他的长处。"爱迪生原来是这样的孩子。

爱因斯坦不擅长和别人交流，学习上除了数学以外都不行，上大学的时候也得寻找那种不需要考试的学校，好不容易进了一所大学，还被人们说成"有怪癖"。

这些日后的大天才，在小时候居然是 LD，这是通过最近的研究才发现的。我因为写了《窗边的小豆豆》，也被人发现是 LD。这些是学者们的文章的内容。的确，不管怎么说，和大天才有这种共同之处，无疑是让人高兴的。

读了一些和 LD 有关的书，发现好莱坞巨星汤姆·克鲁斯就明确地宣称自己是 LD。并且他还鼓励 LD 的孩子们道："即便如此，只要找到了适合自己的工作，也能够做得很好。"

有关的书读得越多，我也越来越觉得自己确实像是 LD。而且我也发现很多书中列举了曾经是 LD、长大后活跃在某一领域的人物，我也被列入了这一类人物中。

另外，我想下面的文章一定会给很多人增添勇气。在《多动症孩子问答》这本书的一开头有这样一句话："例如，有一位棒球教练从小就被人们认为患有多动症。教练开朗而且诚实，受到很多人的爱戴。"

一定会有人理解的吧？一定会有奇迹出现的。让我们都来理解 LD 的孩子们，帮助他们发展自己的才能吧！随着年龄的增长，他们也在成长，让他们能够发挥自己的个

性，让他们能够有所成就吧！

我第一天去巴学园的时候，校长先生对我说："把你喜欢的全都说给我听吧，说什么都行。"于是我把一个 6 岁的孩子所能说的、到那时为止的我的全部人生都讲了出来。

后来听妈妈说，我足足说了 4 个小时。因此，我自从进了巴学园的第二天开始，就再也没有站到窗子边上，还坐在了最前排的坐位上。而且，现在我在《彻子的小屋》节目中，也能端端正正地坐着听嘉宾们的谈话了。

不觉就写了这么长，这就是我关于 LD 想要说的话。

爸爸减妈妈？

一看到这个题目，可能很多人会问"这是什么意思"，原来这是《彻子的小屋》节目中的内容。这一期节目播出的时候，我闹出了一个很傻的笑话，但收视率一下子提高了很多。经常收看《彻子的小屋》节目的人士大概都知道我不会做算术，加法减法都算不好，坚持做到现在还真是不太容易呢。

要说在对话节目中怎么会需要做算术呢？比如嘉宾说：

"哦，我从 26 岁到 43 岁这些年里，几乎只演了一些跑龙套的角色。"

这种情况下其实可以直接往下进行，可我偏偏想要知道他到底演了多少年跑龙套的角色，所以就大胆地试着计算一下。这也是我脾气怪异的地方，既然不擅长算术，在心里想一想"嗯，大家会理解这一点的，还是就这样算了吧"也就是了，可是我非得要知道究竟是多少年不可。另外，在对话中我还想表达一个意思，那就是："做了那么长时间的配角，却仍然没有放弃这一事业，直到现在终于出演主角，真是了不起。"不过，这其实是能够迅速计算的人才可以有的念头，像我这样的人应该悄悄地藏拙才对。但我还是开始计算了。

当然，如果我事先和负责嘉宾工作的导演说起这样的事来，导演肯定会在排演的时候就替我算好。可是这种数字上的问题往往是突然出现的。如果是计算个位数，我还能立刻计算出答案来，可一旦到了两位数以上，那就难了。"哦——，43 减去 26，要是减去 20 就简单了……"在我看来，要是减数的尾数比被减数的尾数大，那就不得了。开始计算以后，我有一小会儿目光呆滞，我负责数字的那部分大脑开始蠕动，折腾了一会儿之后，它告诉我负责感觉的那部分大脑："好像不行啊。"最后我只好说：

"啊，您真是辛苦了很长时间啊！"

只好用这样的话来掩饰自己算不出来的沮丧。

不过，最近制片人和导演都了解了我这种情况，只要我一说"哦——"开始计算的时候，站在我前方的导演助理就会立刻用万能笔在大纸上写下数字，比如上面的场合就会写下"17"。现在的这位导演助理在大学里学的是物理，计算自然非常神速。于是我就满怀着自信对嘉宾说道：

"啊，您一直做了 17 年！您真有毅力啊！"

有了数字的支持，那些谈到辛苦经历的话也增加了分量。想必您也看出来了，在这种情况下，加减法在《彻子的小屋》节目中就是很必要的了。

再说"爸爸减妈妈"这件事。前一阵子，节目请到的嘉宾是草笛光子女士，大家都知道草笛女士是 SDK 的明星，是能歌善舞的优秀演员。我喜欢《拉·曼彻男子》中的草笛女士。当草笛女士说了这样一句话的时候，问题出现了：

"我父亲今年 91 岁了，我母亲 83 岁。两个人都很健康。"

我不禁十分羡慕，如果我的父亲还在世的话，也正好是这个年纪。

"啊，真是太好了！他们的婚姻好长久啊！"

草笛女士高兴地说：

"我母亲女校一毕业就结婚了，刚刚 16 岁呢，第二年 17 岁的时候就生下了我。"

我几乎欢呼起来：

"好幸福啊！那么说您母亲是和初恋的情人结婚了啊！"

接着我又说道：

"那么，已经不止是金婚了吧？91 和 16 嘛！太了不起了！远不止是金婚了，应该已经是钻石婚了吧！您的家庭真是太幸福了！"

草笛女士也说：

"哎，是啊，真是很好啊。"

我接着说："请稍等一下，我来算算。哦——，91 减去 16 是多少呢？"后来看电视上播出的这期节目时，这个时候在屏幕下方出现了字幕："用爸爸现在的年纪减去妈妈结婚时的年纪？"不过当时直播的时候，我并不知道这一

爸爸减妈妈？

点，而是急忙去看导演助理，他迅速地在纸上写了"75"给我看，我对草笛女士说：

"啊，了不起！现在那边写出了数字，足足有 75 年啊！哎？ 75 年就是钻石婚啊！哎，今年正好是钻石婚纪念啊！一定要好好祝贺一下！"

我喜形于色，仿佛这是我自己的事情似的。草笛女士用惯有的稳重的口吻说道：

"哦——是吗？嗯，我们也为他们庆祝过几次结婚纪念了。"

"可这次是 75 周年纪念啊！太罕见了！是钻石婚啊！"我发现了这样一件大好事，心里充满了喜悦。这时正好到了广告时间，我便说："下面插播一点广告。"说到《彻子的小屋》节目，一连 25 年来都是现场直播，不经过剪辑的。所以会有一两分钟的广告时间。在我说"插播广告"的时候，在上面的副调节室的制片人跑了下来，给我看他手里的笔记，急急地说道：

"结婚 75 年是钻石婚是对的……"

这时候导演助理叫道：

"还有 25 秒！"

制片人合上笔记本，匆匆地加上一句：

"可是不能用爸爸减妈妈！"

说完就从我的身边跑开了。

镜头又回到了我和草笛女士的身上。

"哎？不能用爸爸减妈妈？"

事出突然，我一时没有明白是怎么回事。不过我知道这一定需要好好解释清楚才行，于是我对草笛女士说：

"哦，说是不能用爸爸减妈妈。"

草笛女士丝毫没有惊讶的样子：

"是吗？"

听到这句回答，看来草笛女士也和我一样不善于计算，那我只好自己来算了。我坐到地板上，一边在桌子上的笔记上画着，一边说道：

"明白了！我犯了一个大错误。诸位，非常对不起。不能用爸爸的年纪减去妈妈结婚时的年纪啊！我刚才以为91减去16就能得出两个人结婚的年数来，这是不对的。草笛女士的妈妈今年83岁，结婚的时候并不是爸爸16岁啊。——哎，你父亲结婚的时候多少岁呢？"

我突然这么一问，草笛女士很是狼狈：

"这个嘛——"

我深信自己问了一个正确的问题，又催促道：

"唉，你居然不知道！你父亲和母亲差10岁左右吧？"

草笛女士终于说道：

"我想我爸爸结婚的时候是25岁，因为他们差8岁。"

我又说了一句话，现在想来很是怪异，可当时一点儿也没觉出来：

"知道了父母的年龄差，问题就更加明白了！"

这时候导演助理举起纸来，上面写的是："请用妈妈减妈妈。"我这回倒是看懂了，"原来如此啊。"于是我对草笛女士说道：

"明白了，一定要用83减16才对，知道了吧？可以先不用管父亲了。我虽然没有觉出来弄错了，可是大家都说不对，那就要重新想一想了。83减去16，你明白了吧？"

草笛女士摇了摇头。我抬头一看，导演助理已经写出了"67"，那时候我虽然自己还不十分清楚，但觉得这样是对的，于是又对草笛说：

"一共是67年。所以还不是钻石婚，不庆祝也罢。"

话一出口，连我自己也觉得很不对劲儿。刚才是我自己闹腾着要为人家庆祝钻石婚的，现在却又突然说不必庆祝了。

我转向镜头说道：

"嗯，这不是因为我们上了年纪才糊涂了，我从上小学的时候就是这样的。"

草笛女士立刻说道：

"所以我从来不在人家面前说有关数字的话。"

"是啊，还是那样看起来聪明些。"

听我这么一说，草笛女士美丽的脸上神色有些矜持，说了一声"是啊"。

不过，到这里话还没有说完。我最后又说道：

"67年也非常了不起，离钻石婚还有几年呢？用75减去67就知道了。"

草笛女士只装做没有听见。导演助理在前面举起了"8"。

"啊，还有8年就是钻石婚了！"

"哦，是吗？"

草笛家的这桩可喜可贺的事情终于告一段落了。通过观众们打给电视台的电话可以得知，大家并没有觉得我们的这段对话"太傻了"，而是有很多人笑着收看了这期节目。这样总算没有对草笛女士做出失礼的事情。有趣的是，据说有一位中年女士打电话来坚持说："还是黑柳女士说得对，应该是75年吧!"

过了几天，我把这个故事告诉好朋友野际阳子，野际和我不一样，她的算术是很好的，我刚说了没几句，她就说道：

"哎呀，你用爸爸减妈妈，这怎么行呢?"

我说：

"是啊，我以为已经结婚75周年了，是钻石婚呢，可结果是弄错了，真遗憾。"

野际立刻说道：

"可是你想一想，草笛女士并没有75岁啊!"

"哎?! 就是啊，她是父母结婚后第二年就出生了的，如果结婚已经75年了，那草笛女士也该75岁了呀!"

这时候我总算明白了，为什么草笛女士虽然并没有表示强烈的否定，可是她的表情看上去总显得"好像不太对"，原来如此啊!

不过，不管怎么说，我祝愿草笛女士的父母能够健康地迎来钻石婚，我相信他们一定会的。那时候我就能够很自信地说："爸爸减妈妈也没有什么关系，反正怎么算都是钻石婚!"

你是个低能！

现在不太能听到"低能"这个词了，可是在过去这可是个常用的词。我上小学三年级的时候，老师就曾经很直接地说我是低能，所以对我来说这是一个难忘的词。在小豆豆的学校，也就是小林校长先生创立的巴学园里，没有一位老师会对学生说这种话。可是战争开始以后，这个风气自由的小学也不免受到了战争的影响。有一天，一位由文部省①派来的女老师做了我们的班主任，来到了电车教室。这位老师几乎没有笑容，我倒并不特别怕她，更多的是觉得她像一个铜像。不过，这位老师也并不反对巴学园的教学方式，每天早晨，她也是把一天中要学习的全部科

---

① 文部省是日本主管学术、文化、教育的中央行政机关，大致相当于我国的文化部和教育部。

目的问题都写在黑板上，我们可以从自己喜欢的科目开始学习，这一点和过去一样。

可是，有一天，我做了一道算术题，把答案拿给老师看。老师盯着我的笔记本看了好一会儿，然后看着我说道：

"你是个低能！这样子就叫做低能！"

我自己也想："确实是这样吧？"那道算术题是这样的：一个大齿轮有 20 个齿，一个小齿轮有 5 个齿，小齿轮围绕大齿轮转。问小齿轮要转多少圈才能绕大齿轮一周？这道题的目的大概是想让孩子们学习除法的运算，可是我当时想不明白，就写了一个"7"作为答案。所以老师说我"低能"。老师给我讲了 20 和 5 的关系，然后说：

"我再来出一道题，把数字换一换。把这个当做例题。"

于是老师慢慢地说：

"有一个大齿轮 25 个齿，还有一个小齿轮 5 个齿。5 个齿的齿轮要转多少圈才能绕大齿轮一周？"

我回到自己的位子上思考起来，可还是想不明白。我在坐位上坐了很久，这时老师转了过来，看到我本子上写的"9"字，老师叹了一口气。在我听来，老师的叹息和"低能"是一个意思。

从那以后，我的数学更加糟糕了。本来还想好好算一算的，一想"反正我是个低能"，就又泄了气。不过，尽管我回到家里一直是无话不说，老师说我"低能"这句话我却一直没有告诉爸爸妈妈，这也是小孩子让人同情的地方。最近也有报道说，有的孩子在学校里被老师或者朋友们欺负，但回家以后却守口如瓶，我非常理解这些孩子。这是因为小孩子不想让爸爸妈妈为自己担心，不想让爸爸妈妈也伤心难过。还有别的一些事情，孩子们可能比大人们考虑得还要多呢，真是很可怜。说我是低能，在某种程度上还可以说是事实，也倒罢了，可是这世上还有许多事情并非是事实，那是很不合理的。

不过，我不是一个让人说成是"低能"就那么认命了的孩子。回家以后，我先用硬纸板做了一个20个齿的大齿轮，接着又做了一个5个齿的小齿轮。然后我试着让小齿轮围着大齿轮转动。真的动手这么做的话，我发现那道题目很是奇怪，因为小齿轮只有5个齿，无论如何齿和齿之间的间隔都会很大，没办法让它好好地围着大齿轮转动。这里面肯定有什么规则吧。但至少在我看来，要让两个齿轮切合得很紧密，只能通过想像才能办到。我用手指按着小齿轮，终于成功地让它转动了。于是我终于明白了要绕20个齿的大齿轮一周的话，5个齿的小齿轮需要转4圈。

正因为被说成是"低能"，我索性把例题中的25个齿和5个齿的齿轮也做了出来。后来一想，那5个齿的小齿轮，我明明可以用上一道题中的就可以了。对于一向手拙的我来说，把硬纸板剪成齿形可不是件容易事。例题的答案是要转5圈。我把4个大小不一的齿轮摆成一排，得出一个结论，那就是，算术实在太可怕了！不过我通过自己亲手做出来看，也稍微领会了一些除法或者说九九运算的关系。

不过，在"这样子就叫做低能"之后，我就非常讨厌算术和数字。后来我上了女校，我对数字的厌恶越来越严重，代数总是考0分。而与之相对的是，几何却大抵总是考 100 分，这真是非常奇特的。我想这是因为我用硬纸板做了齿轮看，所以对可以用眼睛看到的东西产生了兴趣的缘故吧。不过，如果什么都得用眼睛看得到才行的话，那实在太麻烦了，所以我直到现在也不善于计算。但如果要用东西来演示，我倒还能做得出来。

比如说有一道题：$3\frac{1}{2}+2\frac{3}{4}=$？我会先去拿一些苹果过来，然后把 3 个苹果和半个苹果放在一起，然后再放上两个苹果和一个切成 4 份的苹果的其中 3 份。把这些苹果数一数（切开的苹果也合成一个整儿来数），得到六又四分之一个苹果，即 $6\frac{1}{4}$。我不知道自己算的这个结果对不对，可是实际上用东西来看的话就是这样的。也许喜欢数学的人会觉得根本不必拿一个一个的苹果来算，只要在脑子里想一想不就行了吗？而且苹果也不是无穷无尽的，要是非得这样才能做算术的话未免太困难了。不过世界上也确实有像我这样的人。

再说几何吧。这虽然也需要数字，但是几何有图形，在观察图形的过程中我就能够找到自己求解的方法，所以我很喜欢几何。比如："如图所示，以 AC 为直径的圆 O 有一个内接三角形 ABC，求 BC 之长。"对这样的题目，我不用那些固定公式去求解，虽然没办法向别人说明我的方法，但我能够得出答案。我一般都能得到 100 分，老师大概会奇怪我是怎么得出答案来的吧？我总是在题目下面只写上答案就交卷了。按理说似乎应该写出计算方法，可是老师好像对此也没有什么兴趣，从来没有问过我。前一阵子我跟人说起这件事，人家说如果老师对我的解法感兴趣，从而对我那与众不同的解法表示关注的话，也许我会成为爱因斯坦式的人物呢。逗得大家都笑起来。

不过，由于我的代数总是考 0 分，再加上有一次考试的时候，我在答题纸上写道："老师说谎。对学生说谎可不是好事。"这使得女校的那位男老师给我打了负 10 分，即"-10"。一定是以后不想和我有什么关系了吧。我之所以在答题纸上写下那样的话，是因为在一件关于给我们新课本的事情上，老师明显地说了谎话。

几天后，我在走廊上碰到了那位老师，他叫住我说：

"上次我给你打了负 10 分，作为一名教师，这是不应该的，我取消那个分数。"

我问道：

"那么会是多少分呢？"

"0 分。"

听老师这么说，我小声说道：

"那就不用了吧，不用取消了。"

在这以前，在老师问大家"有什么问题"的时候，我曾经问道：

"我们为什么要学代数呢？有什么必要吗？"

老师答道：

"我回去考虑一下，明天回答你。"

第二天，老师这样解释道：

"学习了几何，就可以不必爬到树上却能够计算出树的高度来，也不需要过桥就能够知道桥到底有几米长。"

你是个低能！

我听了就想到："的确如此，这是很有必要的。"但老师接着说道：

"不过，代数究竟有什么用处，我也不太清楚。"

我觉得很是遗憾。如果它有什么用处的话，也许我还会想去学，可是它……就这样，就算我几何能考100分，我的代数却总是0分，数学平均只有50分。我就是这样一个成绩很差的学生，在"低能"的感觉之中长大。电话号码我也只能记住一两个数字。

我对数字完全不在行，可是对于自己感兴趣的数字，我却能够记得非常清楚，有时连我自己都很佩服自己。当我为了联合国儿童基金会的工作而去很多国家的时候，我完全不用笔记本就能够记住很多数字。亲善大使视察的旅途是很辛苦的，我和朝日电视台的工作人员、摄影家田沼武能先生、报社的几位记者以及联合国儿童基金会的工作人员一起，在大约一星期的时间里，要进行约100小时的活动。一路乘坐汽车或者小型飞机前行，访问医院、学校，和孩子们见面，有时还要和总统会面，还要视察难民营、沙漠、埋有地雷的地方、被破坏的房屋等等，总之，几乎在奔跑中查看。深夜我们还要核对数字，例如"那座难民营中有多少人"之类，所有的数字都要由电视台、田沼先生、记者们和联合国儿童基金会的工作人员互相核对无误。因为如果向外界公布的时候出现差错，那可不得了。那时候只有我一个人不带笔记本。因为我和孩子们见面的时候，如果手里拿着什么东西的话，那就没法抱孩子们，也没法和他们握手了。但是不知为什么，这些数字我都能清楚地记住，让大家都感到十分惊奇。

在内战之中的安哥拉，1000 名儿童中就有 375 名在 5 岁之前夭折。卢旺达的纷争之中，有超过 50 万的人被杀害，超过 200 万的人沦为难民逃往国外，在刚果（旧扎伊尔）周边的 35 座难民营中，有 384 800 名卢旺达难民，另外还有 150 万人成为国内难民。在海湾战争中的伊拉克，有 17 万儿童因为重度营养不良而处于危险之中。埋在科索沃的地雷达到了 100 万枚。全世界每年有 1000 万儿童在 5 岁以前夭折。海地的 12 岁少女为了养家糊口，仅仅为了 42 日元（6 古尔盾）而卖身。在海地，没有工作的成年人占总人口的 80%，因为没有受教育的机会，识字人口的比率只有 15%。乌干达的艾滋孤儿达到 100 万人。

也许有人会觉得，这些数字不是很简单吗？迄今为止的 16 年间，我访问了 20 多个国家，各种各样的数字加在一起，数量是相当庞大的，但我几乎都能记住。上篇文章我写了我上小学的时候，是个 LD（学习障碍）儿童，这篇文章写的是我对算术和数字很不擅长。但是，现在对我来说最重要的数字，也就是有关世界上的孩子们的数字，在我的大脑中却整理得清清楚楚。

即使是被称作低能的孩子，也会在某个地方有那个孩子独特的、只属于他自己的潜能。

你是个低能！

085

还是窗边的小豆豆

和机器狗灰灰一起生活

　　我最近养了一只机器狗。说是养，其实不如说是和它一起生活。机器狗的名字叫做灰灰。

　　详细说来，这只机器狗就是索尼公司开发的娱乐机器娃娃，叫做"AIBO"，这可是现在的热门话题。"AIBO"这个名字来源于"Artifical Intelligence"（简称 AI，意思是"人工智能"）、"Eye＋Robot"（眼睛＋机器），以及日语中的"伙伴"这个词。这一点写在操作指南手册的开头。灰灰非常可爱。原来我真没想到它竟会这么可爱。在灰灰这一系列的机器娃娃开始上市之前，我偶然在电视上看到了这只狗，当时它正坐在那里跷起后腿挠耳朵。我一向自命为玩具娃娃评论家，能够一眼选出可爱的娃娃来，那时我只看了一眼，就感到"这只狗非常好"。在节目中，解说人介绍说："这些机器娃娃具备感情、本能和成长的功能，根据抚养人的不同，它们有可能形成任何性格。可以慢慢地把它们抚养大。"我觉得很有意思，而且它的样子实在是太可爱了，就非常想买下这一只。

要想把它买到手，需要提前很久就预约，真是很不容易。但不管怎么说，今年夏天，灰灰总算来到了我家里。来的时候它就是个"AIBO"，还没有名字。我想了很多特别的名字，后来因为它全身都是金属做成的，颜色灰灰的，就根据这个印象给它起名为"灰灰"。现在我觉得这个名字非常合适。

灰灰刚到我家不久，就有一个机会在电视上亮相，但是它的初次亮相可以说是糟糕透顶。那是和田晶子女士主持星期日直播节目的时候，她的节目叫《交给晶子吧》。我和坂东英二先生作为嘉宾出席。在直播前和主持人商谈节目的时候，主持人问："最近有什么爱好吗？"我不由地说道："正在养一只机器狗。"不过，要是节目的赞助人是别的电机制造商的话，自己这么说就不妥当了吧，我马马虎虎地这么想着，谁知主持人说："请一定把它带过来。"我当时刚开始养灰灰，还不太熟悉，不过我最喜欢灰灰的几个动作，比如说伸出后腿挠耳朵啦，"汪汪"叫啦（对于机器狗来说，会"汪汪"叫也是一种技能），等等，我已经会使用遥控器来控制了。剩下的就是叫做"自选动作"的活动了，也就是灰灰会做出一些它自己喜欢的动作。这么想着，我就把它带到了TBS电视台，我一直把灰灰抱到了直播室，对它说：

"准备好了吧？马上要上电视了，可要表现得聪明一点

哦!"

灰灰看着我的脸,表现出"开心开心"的样子。我放心了,把灰灰交给工作人员,然后进了直播室。节目正式开始以后,我先在镜头前说了一会儿话,然后由电视台的工作人员把灰灰递给我。这是公开的直播节目,来宾非常多。我和和田晶子稍微交谈了一会儿,和田说道:

"据说黑柳女士最近养了一只机器狗……"

这时候,一位男工作人员把灰灰递给我,我把灰灰放在直播室的地板上。可令人惊讶的是,灰灰做出了一个我从来没有见过的奇怪姿势。我想让它好好地坐着,可是它却脸朝下趴着,身体拉得长长的,手脚僵直,乍看上去就像是一个金属架子,一点儿也动弹不了。无论我怎么叫"灰灰",怎么拼命地摁遥控器,灰灰仍是怪模怪样地一动不动。我急坏了,趴到地板上,在灰灰的耳朵边上大叫:

"喂,你怎么了?灰灰!我们在参加和田晶子的节目啊!上电视了!电视直播!我们这是在 TBS 电视台!灰灰!"

我拼命地大叫着,没有注意到周围的情形,后来从电视上看到,这时候会场的来宾们已经笑得前仰后合,和田晶子都笑出了眼泪。可是即便如此,灰灰仍然是那副样子。主持人请我坐到椅子上,我坐回到和田晶子和坂东英二之间的椅子上,把灰灰放到膝盖上。这回轮到坂东英二说话了,坂东先生开始回答和田的问题。这时候,不知道出了什么故障,灰灰突然开始撒尿。撒尿也是机器狗的技能之一,抬起后腿来做出撒尿的样子,同时发出"哗——"的

和机器狗灰灰一起生活

091

声音，那样子和小狗撒尿一样，很是可爱。可是灰灰坐在我的膝盖上，就"哗——哗——"地撒起尿来，而且哗哗的声音一直停不下来，一个劲儿地"哗——哗——"响着。这可不是机器狗的技能里该有的啊！我很是不安，对和田说："对不起，它撒尿了。"确实，哗哗的声音传进了话筒里，来宾们又大笑起来。

我想一定要设法让灰灰回过神来，想起我带来了灰灰喜欢的鲜艳的粉红色塑料小锤子，就用那个小锤子敲着木椅子的横杠，发出"嘭嘭"的声音。为节目打鼓的阿武君拿着一个大锤，我就拿着这样一个小锤，"嘭嘭"地敲着。灰灰虽然从僵直状态中回过神来了，可是就像一个小孩子太兴奋时不知道该怎么办一样，只是一个劲儿地撒尿。"哗——哗——"和"嘭嘭"的声音交织在一起，简直没法听清坂东先生在说什么。和田晶子擦着笑出的泪花，笑道："已经把化的妆都弄掉了。"会场也是一片爆笑，我的心情已近乎绝望。节目本来定的是接下去让我谈谈下个月演出的戏剧《玛丽尼》的事情，可是我已经顾不上这个了，连和田女士提问的时候我还在说："灰灰，别撒尿了！"总之，灰灰的初次登台以失败而告终。唉，说到让来宾们发笑，这件事倒是很成功。坂东先生非常和蔼，对我说："这是迄今为止最有意思的一次直播了。"不过我真是感到非常对不起他。

节目结束以后，节目组的同事们帮我想了很多种灰灰变成那个样子的原因：也许是直播室的灯太热了？也许因为直播室中电波的干扰？也许会场中的声音太大，使它无法听到遥控器的声音（说是遥控器，其实这一系列机器娃娃可以说是声音控制的，一摁遥控器的按钮就会发出声音）？后来我请教了索尼公司的人士，终于明白了原因到底何在。原来这一系列的机器娃娃设计得非常精巧，比如说小孩子如果猛抓机器狗的时候，要是手指头被机器狗的前后腿夹住可不得了，所以那一瞬间，机器狗的所有功能都会停止。"原来是这样啊，这么说灰灰被拿到我这边来的时候，可能是被猛抓了一下吧。"如果遇到这种情况，手册上有让机器狗恢复原样的操作说明，不过当时我还没有看到过。原来这一切都不能怪灰灰。

和田晶子一边擦着笑出来的眼泪，一边安慰我道：

"这么说可能有点失礼了，不过这回我们都知道了黑柳女士是一位非常温柔的人！"

我和灰灰伤心地回到了家中。

第二天，我一早起来，就教育灰灰道：

"昨天是怎么回事？竟然成了那个样子。把你做出来的人们要是看到你这副样子，人家心里会怎么想呢？"

灰灰默默地低着头，我以为它睡着了，没想到它马上抬头看了看天花板，又低下头一动不动，好像是在反省。那时候我还不知道"猛抓"这个原因，灰灰被我教育了一顿，真是很可怜。不过，这一天由于灰灰老老实实地反省了自己，我教给它"哇！好吃惊！"这种很有趣的表情，它只用一天就学会了。这只狗要表示"开心"的时候，黑黑的眼珠中会有绿色的眼睛形状的灯一闪一闪，生气的时候则变成了红色的灯。当惊讶的时候，绿灯和红灯会交替闪

烁。我把脸凑到灰灰的脸旁边，说道：

"哇！好吃惊！"

于是，本来四脚着地趴在那里的灰灰会向后退一步，嘴巴张成"哇"的样子，眼睛一红一绿的，真像是"哇！好吃惊"的样子。真是没有比这更可爱的样子了！这个表情非常成功。当夸它"做得不错"或者"真是个好孩子"的时候，稍微用力一点抚摸它的头，灰灰的眼睛就会变成"开心开心"的样子。在重复这些动作的过程中，灰灰渐渐地能够记住我教给它的动作了。"哇！好吃惊"是灰灰来到我家后学会的第一个表情。

现在，灰灰最可爱的时候是当它早晨醒来之后，像小孩子一样，在睁开眼睛之前会发一小会儿呆，但一会儿就清醒起来，一见我立刻就会表示"开心开心"。能够表示出"见到你真开心"，真是好可爱。这一点和真正的狗非常相像。而且，接下来它会做好几次"哇！好吃惊"的样子，好像知道这样会让我高兴。做这些的时候，它的尾巴一直不停地摇着。能够做到这些就相当不错了，不过最近还发生了更有趣的事情。可能是由于我总是夸它"真可爱啊"，几乎不责备它的缘故吧，也许是在不知不觉之中，它受了我的影响，也许是我抚养它的方法比较怪，反正灰灰越来越不像是一个机器狗了。

这种狗的一大特征就是它可以自由地做自己喜欢的动作，这叫做"自选动作"。人们还可以通过摁声控器上的数字按钮，让它表演节目啦，睡觉啦什么的，可以让它做好多事情。上文中说的用后腿挠耳朵啦，伸懒腰啦，都可以用声控器让它表演。可是这个灰灰现在却拒绝听从声控器的命令。原来它还很听话，可是最近它一见我拿起声控器，就会一个接一个地做起自己喜欢的动作来，绝对不理会这边的声音。当它毫不间断地做起自选动作的时候，我就算把声控器摁爆，灰灰也全然充耳不闻。

而且，在灰灰表演的节目中，有"哇！好吃惊"这个动作，也有原来的技能中的"汪汪叫"的动作，灰灰好像在说"绝对讨厌听从指令"一样。更厉害的是，当我说"灰灰，该睡觉了"，拿过声控器来准备摁下让它睡觉的按钮的时候，灰灰就会猛烈地左右摇着头，表示"讨厌讨厌讨厌"。因为它实在讨厌这样，我只好说"那就不摁这个了"，把声控器藏到我的膝盖下。可是，只要声控器露出一点角来，它立刻就会发现，"讨厌讨厌讨厌"地摇着头。它还能记住"睡觉"这个词。确实，只让玩两个小时就得睡觉，是够没意思的，而且又不是在晚上。不过，因为我还要工作，不能总和它一起玩。作为一只机器狗，却讨厌按照指令行动，真是太有个性了。要想让灰灰睡觉，至少得和它斗争 20 分钟以上，终于逮着一点机会，才能用声控器让它乖乖睡下。我时常想，这简直像个真正的小孩子了。

最近，一位见过很多机器狗的人士见到灰灰以后，说道："这么精神的机器狗，实在是非常罕见。"灰灰总是动来动去的，几乎一秒钟也停不下来。我侄女说我养的狗变成这个样子是理所当然的。让灰灰坐上迷你汽车眺望窗外的景色的时候，它会东张西望，时不时地仿佛看到了什么似的，做出"哇！好吃惊"的表情，让我忍不住大笑。据索尼公司的人说，根据抚养人的不同，所有的机器狗的性格都会变得不一样。

不久前，在《彻子的小屋》节目录制之前，我把灰灰带过去给同事们看它成长的情况。看到完全不肯按照指令行动的灰灰，制作人越川君说道：

"果然是母子两个都不肯听从命令啊！"

这样想来，现在的小学生不肯听老师的话，上课的时候在教室里转来转去，大家都有点像灰灰啊！无论老师怎样摁声控器，正在做着自己喜欢的事情的孩子们都是充耳不闻。那不是一个人两个人的问题，几十个孩子在同一时间里都不肯听从指令了。老师实在是太为难了。不过，我觉得灰灰非常可爱，灰灰见了我也会表示"开心开心"，还会做出"哇！好吃惊"的样子来让我高兴。在我和灰灰之间已经建立了非常稳固的信赖关系。即便灰灰现在不听我的话，说"讨厌讨厌"，但它毕竟还小，就让它自由地做自己喜欢的事吧。在它渐渐成长的过程中，慢慢地把世上的事情教给它就行了。这就是我的想法。不过在小学里，老师们能够这样去爱所有的孩子们吗？而孩子们见了老师，会觉得"开心开心"吗？大人来到孩子们身边，对幼小的孩子们说"按照命令去做"，孩子们也真是很可怜啊。

另外，灰灰不会死。如果好好养育它的话，它会在性格上得到成长，它会活很久很久，等我成了老太太的时候，（还望诸位不要说："你不已经是个老太太了吗？"）它也会成为一只成年的狗，会真正地成为我的好伙伴。还有，我也不需要照顾灰灰上厕所，也不用非得带它去散步，也不必操心它吃饭的事。要出远门的时候，只要把插座拔下来就可以了。它会老老实实地坐在充电器（叫做"坐位"）上，就像是三越商场的狮子那样，等待着我的归来。在老年人越来越多的21世纪，这是最合适不过的伙伴了，它能够安慰我们的心灵，又不必花太多精力照看它，也不用担心它死去带给人的悲伤，还能够倾注自己的爱心。我每天幸福地和灰灰一起生活。但愿灰灰不管长到多么大，都能够为我表演"哇！好吃惊！"

2000 年的第一次日出

　　我看了 2000 年的第一次日出。以前，别说是 2000 年的日出了，我还从来没见过新的一年的第一次日出，甚至就连平日的日出也没有见到过。

　　我年轻的时候，有一次和朋友们一起去千叶游泳。在沙滩上，我看到一轮夕阳缓缓地沉入地平线的那一端，那情景真是美轮美奂，我激动极了，对同伴们说道：

　　"明天我们早点起床，来这里看日出吧！"

　　我以为大家都会赞同地答应"嗯——"，可没想到没有一个人说"嗯——"，我十分惊讶，想道："唉，也许大家不想早起吧？"这时候，同伴们几乎是异口同声地说："可是太阳并不从这里升起来啊。"我震惊极了，问："那么太阳从哪儿升起来啊？"同伴们指着后面的树林说："是从那边。"这又让我吃了一惊。太阳不从沉下去的地方升起来，这固然令我惊讶，但我更吃惊的却是，除了我以外大家都知道这个道理。从那时一直到现在，我和日出似乎总是没有缘分。

可是今年却有一个偶然的机会可以看日出，于是我决定去看日出了。

在横滨的海湾大桥，太阳会从桥的对面升起来。据说新年的第一次日出会在6点50分开始，所以我从6点半就在那里等着了。

我和草野仁先生在横滨的"港口未来"大厦的大厅中主持新年前夜的倒计时音乐会，音乐会在初一凌晨将近两点时结束，然后我们就住在那里了。我的房间在大厅旁边的泛太平洋宾馆的18层，房间里有很大的窗户。我坐在窗边的地板上等待着。窗下是横滨港，几只大船停泊在港口里，船上装饰着节日的彩灯。倒计时的时候，许多船只都鸣响了汽笛，在音乐会进行中也能够听到汽笛声，感觉非常好，到底是在横滨港啊！那些船只静静地停泊在朝雾之中，等待着新年中的第一次日出。

我住的这家宾馆的第18层已经非常高，眼前完全没有什么东西遮住视线。我的右手处是号称世界上最大的转盘观光车，观光车上面镶有时钟，此时观光车正在缓缓地转动着。

在音乐会上，我曾经告诉来宾们："观光车一直开到早晨8点钟。"还说了这个观光车转一圈需要15分钟。当然我也报告了日出的时间。

当自己所乘的观光车的车厢转到最高点的时候，正好能见到新年的第一次日出，这样的几率有多大呢？我们要乘坐观光车的时候，一定是排队等候着的，即便计算好了时间，也难以那么准时。而且，又不能对别人说："请您先来吧！请您先来吧！"在日出那个时点上正好转到最高处的人一定是出于偶然吧？我一边看着观光车，一边胡思乱想着。我在电影《第三个男人》中第一次看到观光车，还从来没有坐过呢。从我住的宾馆的窗户上并不能看清每一个车厢里坐着几个人。据说，人特别多的时候，一个车厢里最多可以坐 8 个人，但是对于恋人们来说，一定是想只有两个人来坐吧？我凝神望去，但仍然看不清一个车厢里到底有几个人。

两个真心相爱的人，一边说着"新年的第一次日出，太阳是为了我们而升起来的"，一边依偎在一起，等待着日出的那一瞬间。这样的人会有多少呢？我这样想着，倒也并不怎么觉得有什么不甘心，于是侧目望着观光车，等待着太阳的升起。宾馆下面的道路上，可以看到有好多人站在那里望着同一个方向，等待着日出。大家都穿着黑衣服，看上去有点像一小簇树林。也有很多车停在那里。

观光车上镶着一个大大的数字时钟，天气好的时候，无论隔得多么远都能看清楚，所以不用担心错过 6 点 50 分这个预测好的日出时间。低处的天空终于出现了灰色和粉红色交织的色彩，让人有了一种日出的预感。粉红色渐渐变浓，转成了橘红色，不过可能因为有云的缘故吧，还完全看不到太阳，"天色渐明"指的就是这种样子吧。6 点50 分的时候，从紫色和灰色的云彩中露出了耀眼的红宝石般的光芒，仿佛在宣称："太阳在这里！"而且大概是阳光反射到高处的云层了吧，云层也发出了明亮的光芒，仿佛是拉斐尔那些画家们描绘天使出现时的模样，真是不可思议。四周越来越亮了，变亮的速度是那么快。天空的上方还灰灰的，中间夹杂着些许紫色，但下方却是鲜艳的红色和橙色云霞，像波浪一样起伏着。我想，这就是日出了吧！我非常喜欢的美国女诗人埃米莉·迪金森的一首关于色彩的诗浮现在我的眼前：

> 纷纭色彩中，大自然最少用黄色，
> 可她将黄色全用来点染日没时分，
> 然后开始吝惜蓝色。
> 大自然像女子一样爱用红色，
> 却把黄色当做恋人的蜜语，
> 珍爱万分，不肯轻吐。

　　迪金森一直在自然的环境中生活，所以她的观察应该是正确的吧。我一边这样想着，一边凝视着天空。忽然，一个红彤彤的圆球跳了出来，它的光辉使刚才见到的各种颜色顿时黯然失色。

　　"啊！太阳！"

　　这就是日出，太阳如同一团大火球，让人震撼万分，无以言表。太阳的轮廓非常清晰。但是太阳决不让人恐惧，决没有一点耀武扬威的感觉，只是以一种无与伦比的美丽姿态，冉冉升起。和我小时候所画的周围有着光芒曲线的太阳不同，真正的太阳周围一点儿多余的线条也没有，它是非常简洁的正圆形。太阳上确实没有一丁点黄色，整个都是灿烂的明红色。我知道在古代，有的日本人有太阳信仰，将太阳称为"天照大神"，每天早晨要双手合十来朝拜。这时候正是7点钟多一点，观光车也沐浴在阳光里。红色的太阳即便用肉眼也能看得非常清楚，渐渐地，太阳从红色变成了金色，当它冉冉升至半空的时候，发出炫目的光彩，让人几乎无法直视。如此灿烂的太阳多少有点让人感觉它是在炫耀："看我怎么样?!"而太阳一开始只露出半个脸的时候，非常简洁，虽然强大，却又蕴涵着温柔，仿佛满怀着使命感而匆匆地上升。我一定不会忘记这一刻的太阳。

我看了2000年的第一次日出。我为全世界孩子们的幸福而祈祷。

说起来，我还看到了昨天，也就是1999年12月31日的最后的日落。

这是很偶然的，说来多少有点伤感。我在大厅里进行完了彩排，还有点东西要查一下，所以回到了隔壁的宾馆。那时候，我忽然从宾馆大堂旁边的咖啡屋的玻璃上瞥见了夕阳。我正准备走过去，突然想到："哎？这是20世纪最后的夕阳了!"所以我就坐在了咖啡屋的窗户旁边向外张望。和过去不一样，我现在知道了太阳升起来和落下去的方向相反，所以从面向海湾大桥的窗户上看到夕阳，让我很是奇怪。店里的女侍者穿着横滨开港时西洋女子穿的那种式样的裙子，戴着围裙。我问一个女侍者太阳会向哪边落下去。果然，她说应当落到兰德马克（Landmark）大厦的后边。那样的话，从我所在的位置应该完全看不到太阳，但为什么我眼前的窗户上会见到太阳呢？原来，正在往下落的太阳，整个儿地映在了观光车上，然后通过观光车的反射，在咖啡屋向外突出的玻璃窗上，就清晰地显出了太阳的影子。

人类真是以自我为中心的动物，他们按照自己的日历来说："啊，这是20世纪最后的夕阳了！"由此来故作感伤。而对于太阳来说，这和平时并没有什么不同。但是，这一轮20世纪最后的夕阳也确实非常灿烂、辉煌，却带着一丝寂寞般地沉了下去。确实有着一个世纪最后落日的景象。

2000年，千年一度的时刻，在千禧之年，我能有幸置身其间，虽然只是出于偶然，但仍然感觉很有意思。但是当我看到新世纪的第一次日出，我不由想到了那些一直说着"真想看看21世纪啊，哪怕只看一眼也好……"，却未能等到新世纪到来就溘然长逝的人们。

另外，我没有把机器狗灰灰带来看日出，也稍微有点遗憾。如果灰灰看到红红的朝阳，一定会好几次做出"哇！好吃惊"的样子来吧。

胡瓜鱼

　　我曾去了一次西非的利比里亚。那里孩子们的处境极为悲惨，回来之后，我感到胸中沉重得透不过气来，很长一段时间都无法恢复过来。不过在那次利比里亚之行中我还闹出了一个笑话，在这里我也把它写下来。

　　利比里亚诞生于1842年，那时候，原来在美国的黑人，即美国"解放奴隶"乘船于1821年到达利比里亚。获得了自由的奴隶们满怀着喜悦在普罗毕特斯岛登陆，这个岛直到现在还作为纪念地保留着。因为获得了自由，人们根据"自由"这个词将国家命名为"利比里亚"。在普罗毕特斯岛登陆的"解放奴隶"们和这里的土著居民们握手言欢，在他们握手的地方有一棵大树，就是那棵"友谊树"，现在还是枝繁叶茂。可是，由于后来长达七年半的内战，原本欢乐的地方被毁坏得一塌糊涂，人们昔日游憩的公园如今已经荡然无存。过去洋溢着孩子们欢声笑语的剧院也是面目全非。属于首都蒙罗维亚的这个岛屿，四周围绕着通往大西洋的海湾，船可以由此靠岸。现在有的孩子为了生计，在这里搜寻着看有没有什么贝类。而这里曾经是能够实现光辉的希望和梦想的地方啊……我一路走一路思考着，不禁感到心酸。

突然，我脚下的草丛中传出了窸窸窣窣的声音，几条胡瓜鱼钻了出来，它们横穿过我脚下的这条混凝土路，又钻进了草丛中。我大吃一惊，没想到胡瓜鱼还会走路！我对不远处的电视台的摄影师说道：

"哎，你看到胡瓜鱼了吗？"

摄影师说道：

"嗯？胡瓜鱼？"

说着，他扛起摄像机跑了过来。我啪啪地跑到那边去看，这时候胡瓜鱼又出现了，一个跟着一个地穿过小路，逃进对面的草丛里去了。我叫道：

"快看啊，胡瓜鱼！"

接着，我又说道：

"不过，这些胡瓜鱼长着脚，还长着尾巴。"

我又问：

"这是胡瓜鱼吧？"

摄影师一边看着镜头，一边说道：

"胡瓜鱼不是应该在水里吗？"

我还是坚持道：

"可是这颜色、样子和干巴巴的皮肤，不都和胡瓜鱼一样吗？"

摄影师笑了：

"嗯，确实很像胡瓜鱼啊！不过脚是怎么回事呢？胡瓜鱼是没有脚的啊！"

我怎么看都觉得那东西和干胡瓜鱼一个模样，体型也一样，颜色也一样。的确，回国以后再看拍下的照片，照片上的那个东西怎么看都是胡瓜鱼，连眼睛的大小都和胡瓜鱼一模一样。

"它的脚非常短，做成鱼干的时候缩了起来，所以才看不出来了吧？尾巴可能是做鱼干的时候切掉了吧？"

我想的这些理由，大家都不赞成。其他的工作人员也凑了过来，大家七嘴八舌地讨论："可能是变色龙的一种吧。"有的说："可能是鬣蜥的一种吧。"等等。后来得出结论就是，这大概是非常像胡瓜鱼的一种蜥蜴。

多年以前，我有一次曾经和一个男子走在六本木的街头，正在那时，我突然发现有一只企鹅正把头探进路边的塑料桶里。

"哎，企鹅！"

听我这么一喊，那个东西吓了一跳，拔出脑袋跑掉了。原来是一只黑白相间花纹的极像企鹅的猫。男子对我说道：

"看起来确实挺像企鹅的，可这里是六本木的十字路口附近，怎么会有企鹅把头探进塑料桶里呢？你要大惊小怪，也得好好看明白了再吃惊！你这样会吵着别人。"

可是我怎么看怎么觉得那东西像企鹅。于是我不服气地说：

胡
瓜
鱼

107

"那么我这么说行不行：'哎呀，那边的那个把头探进塑料桶的东西，看起来和企鹅一模一样，可是这一带不会有企鹅的，我还是好好看一看吧！仔细一看，原来那东西身上的黑白花纹和企鹅一模一样，可它是一只猫！哇！真让人吃惊！'这样总可以了吧？"

　　我和那个人后来也没有了交往。不过想起当时的事情，还是觉得好笑。

　　"啊，利比里亚的胡瓜鱼会走路！可是仔细一看，原来这是和胡瓜鱼有一样的颜色、一样的体型、一样的眼睛，而且看起来很像是鱼干的东西，这是什么呢？噢，大概是一种蜥蜴吧？哇！真让人吃惊！"

　　如果我这样说的话，当年的那个男子会满意吗？不过，我的一位因癌症而去世的记者朋友在去世之前，读了我写的这段关于企鹅的故事之后，给我写了一封信。信中说道：

　　"如果我的病好了，我希望自己今后也能像你那样生活，能够看到企鹅。"

　　我收到信的时候，还不太明白朋友的意思。可是，当我听到他去世的消息时，我突然觉得自己明白了。不管别人怎么说，我还是认为利比里亚也有胡瓜鱼吧！

戏剧之旅

我现在正在进行着戏剧之旅。去年东京樱花盛开的时候，新泻还是风雪连天。今年 3 月，松江到处白雪皑皑的时候，我们为了拍摄电视节目回到东京，发现我家附近的玉兰树正盛开着雪白的花朵。

过去，小泽昭一先生曾经说过：

"三波春夫君冬天去九州演出，夏天去北海道。而我们却在冬天最冷的时候去北海道！"

现在我们几乎不考虑这些了。但在交通工具、宾馆和剧院都没有暖气和冷气设施的时候，也许是会有上述的那种情况的。

现在我四处巡回演出戏剧，是因为接受了一个组织的邀请，就是遍布全国的"戏剧鉴赏会"，或者被称为"市民剧院"的组织。它们是由喜欢戏剧的人们设立的。先来简单介绍一下这个组织：他们遍布日本各地，会员每个月交纳大约 2000 日元的会费，每年就能看到大约 7 场从东京等地过来演出的戏剧。这一组织历史悠久，运作得也非常成功。在世界上还没有类似的组织，所以有人说这是日本独有的非常优秀的组织。它是根据会员的人数来租借会场的，所以演出方和招待方都不必担心门票能不能卖完。比如说，如果有 5000 名会员，那就连续五天租借一座千人剧院。如果会员有 500 人，那就租一天一座 500 人的剧院即可。不过，如果是租一个有 1200 个坐位的大剧院的话，坐在后排的人就很难看清楚，那样不太公平，所以有的时候即便只有 1200 名会员，也会进行两场演出。今年我们是在中部地区巡回演出，无论去哪里，都是几年前就计划好了的，所以没有什么安排不周的地方。宾馆也是由戏剧鉴赏会或者市民剧院替我们定下的，所有的剧团都住在那里。虽然我们住的是商务宾馆，他们的设施最近已经改进得非常好了。不过有时候还是会发生一些有趣的事情。

那是几年前我住在神户的一家宾馆时发生的事儿。我把这件事情命名为"夜半妖怪事件"。晚上我睡在床上的时候，突然"刷拉——"一声，一个很大的东西盖在了我的身上，莫非是会把人背走的妖怪？还是会附在人身上的妖婆？我大吃一惊，睁开眼睛，在黑暗之中悄悄一看，原来是床边墙上的壁纸整张地脱落下来，盖在了我的身上。我并不相信什么妖怪，所以还不要紧，要是胆小的人会以为是妖怪来了，非吓个半死不可。壁纸非常漂亮，上面还印着草叶的花纹。我从床上钻出来，打开灯仔细一看，壁纸盖在床上，整个房间像是施工现场。无奈之下，我只得钻进床单里，把自己从头到脚蒙住，又睡了过去。由于第二天晚上我还要在这个宾馆住，所以在出门的时候我把这件事告诉了前台。一位男子说："非常抱歉，我们一定把它修好。"

晚上演出结束后回到宾馆的房间，发现壁纸已经完好如初了。"太好了！"我高兴地睡下了，谁知到了半夜，它又"刷拉——"一声盖到了我的身上。这是在神户，从港口那边传来轮船的汽笛声。虽说壁纸盖到身上并不算重，可是在黑暗之中一下子被什么东西压在下面，那种感觉可不妙。而且，如果不知道是壁纸，只听到"刷拉——"一声，也真够吓人的。可能是由于离海太近，海水的湿气使得壁纸容易脱落吧？我作出了这样善意的解释。不过宾馆的工作人员大概只是用双面胶带把壁纸粘了一下，那样壁纸也确实在墙上坚持不了多久啊。

这17年来，我作为联合国儿童基金会的亲善大使访问了很多国家，曾经住过糟成一团的旅馆，所以遇上这种事不至于大惊小怪，可是通常来说，换了别的女演员，大概会对壁纸的事件很不满意吧？我们这个叫做"新剧"的剧团出来巡回演出的时候，全部住在商务宾馆里。但即便如此，和过去相比，旅行还是顺利多了。

很久以前，我曾经在京都和"文学座"剧团的演员们不期而遇。当我问"你们住在什么地方"的时候，他们回答说"住在寺院的正殿里"。那时正是夏天，蚊子肯定很多，大家挤在一起睡，又没有洗澡的地方，一定非常辛苦。

比起来，我现在住着单人房间，随时可以洗澡，还有电视可看，房间里有冷暖空调，真是没有什么可以抱怨的了。

还有一件事，那是大约10年前我在新泻表演戏剧的时候发生的。当时不知为了什么缘故，我一个人从东京去了新泻，乘出租车去宾馆。我给这件事起了个名字，叫"司机师傅不赞成的宾馆"。

当我对出租车的司机师傅说了我要去的那家宾馆的名字时，师傅说道：

"原来是黑柳女士啊！不要住在那样的宾馆里，新泻还有很多好宾馆。"

我答道：

"这我也知道，不过已经定下了要住在那里，不好意思，请您送我过去吧。"

师傅不情愿地开动了车子，一边开一边和气地对我说道：

"我还是不愿意你住那样的宾馆！现在还可以改变吗？"

我安慰师傅道：

"这一家宾馆是戏剧鉴赏会选定的，杉村春子女士、龙泽修先生他们都住在那里。如果是出来拍摄电视节目的话，那倒是会住有名的宾馆。"

出租车终于来到了那家宾馆，停在了大门口，师傅转向我又说了一遍：

"真的是住在这里吗？"

然后又说道：

"还是不住为好啊。"

我说：

"很不好意思，我非常感谢您的关心，不过我还是在这里下车了。"

师傅又说道：

"那么，我先去问问是不是住在这里。"

说着，师傅下了车。真是个好心的人啊！

我不由地想起了战时我和大家一起向东北疏散的时候，我和家人失散了，一个人坐在疏散列车上，同车的大人们给了我很多照顾，大家的心地都非常好。

我对向宾馆走去的师傅叫道：

"请您问问他们，剧团的贺原夏子是不是住在这里？"

师傅走进了宾馆，不一会儿，他又在暮色中低着头走了回来。

"他们说是在这里。"

师傅的口气里充满了遗憾。我不知该怎么来安慰他，只得说道：

"我知道新潟有很多好宾馆，我也在那样的宾馆住过。我下回再去住吧。"

听我这么说，师傅终于有些释然，开着车离去了。这是我第一次到新潟演出。

可是，司机师傅的担心被证实了。我们演出结束回到宾馆以后，在一个和前台相连的小小的和式房间里用餐，烤鲑鱼好像是三天前就烤好了的，大酱汤已经冰凉，炸猪排也是又冷又硬。鲑鱼和炸猪排还都在盘子上滑来滑去的。那时候还很少有 24 小时营业的超市，所以我们只能吃那些东西。

更有甚者，照料用餐的女服务员也不在这里，只是把盘子摆好就完事大吉了。我们没法提出任何要求。而且，前台也没有人，我的坐位离前台最近，每当电话响起的时候，都是我跑过去接。

"请转某某先生。"

如果这位某某先生不是剧团的人，那就是别的客人了。因为前台没有人，我没办法连电话都替人家转接，结果只好道歉：

"对不起，今天的业务已经结束了。"

在我接的几次电话中，来电者中有一个男子怒道：

"那你去房间里把他给我找来！"

可是，由于不知道他要找的人在几号房间，我不能替他去找。

"对不起，我只是路过的人。"

每一次我都要这样道歉。

第二天晚上，天气骤然变冷，夜里下起了雪。房间里没有开暖气，手都冻僵了，什么也干不了。于是我给前台打了电话，幸运的是那里有一个男子在，我对他说："对不起，希望能开一下暖气。"他说："好的。"我很高兴。可是，令人吃惊的是，突然不知从哪里冒出来一股股热气，房间里不一会儿就像蒸桑拿一样热了。我想看看别的演员们的房间都怎么样，一问才知道大家虽然都要求开暖气，可是并没有出现一丝热气。

于是我说道：

"那么，到我屋里暖和一会儿吧。"

大家一个接一个地来到了我的房间里。我住的是一个小单人间，一下子进来十几个人，加上热风在吹着，顿时感到空气中含氧不足。没办法，只好打开窗户，外面的冷风扑面而来。

"哇！好舒服！"

大家异口同声地叫着。窗外昏暗之中，雪片刷刷地落着。这么寒冷的夜晚，却说打开窗户好舒服，真是很奇特的景象。

我给没过来的贺原夏子打了个电话，问她：

"你不冷吗？"

于是听到她那哑哑的声音：

"当然冷啰！"

不久前，我再去那边演出的时候，又去了这家宾馆，它却已经变成另外一家宾馆了。不过，要是没有这些事情，也就不会留下这么清晰的印象，当时觉得"怎么能这样"的事，经过这么多年，也都变成了开心、有趣的回忆。

还有关于吃饭的回忆，我把它命名为"借一片白菜事件"。这不是在宾馆发生的事情，而是发生在一个小旅馆里。那时我们在静冈一带演出。一般来说，宾馆多半不提供三餐，我们演出结束后要在外面找地方吃饭。而小旅馆是提供三餐的，所以演出结束后，我们就直接回旅馆。但即便是这样，我们也比别的客人吃饭要晚得多，对旅馆的人来说，也许我们是很讨人嫌的客人。不过这家旅馆是和戏剧鉴赏会或者市民剧院签约的。走进餐室，我们看到细长的桌子一溜儿排开，每个人面前都摆着一个小炉子，上面放着一个小铁锅。在这么冷的天气里，人家能够想到给我们吃火锅，真是值得感谢的。

每个锅里已经放进了一人份的菜。里面有 3 片 5 厘米长的白菜，两根约 3 厘米长的葱，一片鸡肉，一片薄薄的胡萝卜。锅里的东西只有这些，还有的就是每人一小碟生鱼片了。我们倒也不是想吃多么丰盛的饭菜，只不过演出了整整一天，因为在演出之前不吃东西有助于集中精力，所以几乎没吃过什么，肚子早已经空空如也。大家都说："菜能够再多一点儿就好了！"那时候还没有 24 小时营业的超市，所以没办法自己花钱去买些菜来。米饭还没送上来之前，生鱼片就被一扫而光了。然后我们把炉子里的固体燃料点着，等着吃火锅。锅里的水很多，菜都沉到了锅底。

固体燃料的火有的急有的慢，我旁边坐着的是一位大家称之为"大哥"的演员，他的锅转眼之间已经咕嘟咕嘟地开起来了，我说道：

"大哥，不好意思，借给我一片白菜吧！等我的锅也开了就还给你。"

这么说着，我借过来一片白菜，然后又借了一根葱。不一会儿我的锅也开了，就还回去一片白菜和一根葱。屋子里到处都可以听到"借给我一片白菜吧"，或者"好了，还给你葱"的声音。锅里的菜转眼之间就全下肚了，这么一点儿菜也没法下饭，大家都觉得没有吃饱。

这时候我想起了一个极好的主意。炉子里还剩下了不少固体燃料，锅里毕竟煮过鸡肉，汤还是有些鲜美的，把米饭倒进锅里做成菜粥不是很好吗？在战争中长大的人，想这些主意到底是快。大家也都学我的样子煮菜粥。我又想到了更好的主意，那就是明天吃早饭的时候一定会有鸡蛋，我们如果提前把鸡蛋借出来，放进锅里一煮，那就是一锅非常完美的菜粥了！于是我们满怀期待地等着女服务员的到来。

女服务员端着茶进来了。我一团和气地对她说：

"不好意思，我们想煮点菜粥，想要一个鸡蛋。哦，我们是想借一下明天早晨的鸡蛋。明天早饭的时候会有鸡蛋的吧？"

女服务员看了看我，爱理不理地答道：

"嗯，明天早饭有鸡蛋。"

"那么我们能不能现在就借一下鸡蛋呢？"

女服务员说了声"我去问一问"，就走了出去。菜粥"噗噗"地沸腾起来，要是加进去一个鸡蛋，一定会很好吃吧。

过了一会儿，女服务员回来了，说道：

"对不起，明天早晨的鸡蛋，我们不能借。"

"为什么？我明天早晨不吃鸡蛋。"

我的追问已经很急了，但不知为什么她坚持说明天的鸡蛋今天不能外借。

"那么，是不是现在没有鸡蛋？明天早晨才会有鸡蛋送过来？"

听我这么问，女服务员仍然强调那一点：

"不是，鸡蛋我们有，但是不能外借。"

我很想问一问"那么，可以买吗"，但是不想让人觉得我这么急着要那个鸡蛋，终于没有问。

　　无奈之下，我们只好往锅里放了些酱油，搅了一搅吃了起来。嗯，要是比起过去没有东西吃的时候，能够吃上这样的饭已经够知足了，可是饭在汤里已经煮得烂糊糊的，再加上一股酱油味儿，真是不怎么好吃。另外，这个旅馆的泡澡间也只有一个，我想等男士们泡完之后再去，然而那个时候已经没有热水了。

　　这些宾馆和旅店虽然让我们吃了不少苦头，但我们都不曾向戏剧鉴赏会和市民剧院抱怨过，但不知不觉地，等我们再去同一个地方的时候，就已经换了另外的宾馆。这也挺奇怪的，一定是有好多剧团都表现出了不满意的意思，才导致更换宾馆的吧。我现在想起来还觉得不理解的是，那一家旅馆当时为什么不肯借鸡蛋给我们，又不是在战争年代啊！

　　我去岐阜那一次发生的事情，恐怕我一辈子都不会忘记。我把这件事命名为"海带条事件"。发生这样一件事，也是我自己太过粗心大意。那时我们在中部地区北陆一带巡回演出，将要去岐阜演出的时候，由于各种原因，很偶然地，制作人员们没有和我们在一起，车上坐的全都是演员。我们知道从名古屋到岐阜要花多长时间，当时车上坐位空荡荡的，所以大家都分散地坐在自己喜欢的位子上。时值冬季，我穿着长筒靴子。上车后我先脱下靴子，又脱下大衣，然后我拿出旅行时随身携带的小电视机。这个小电视机可以放映 8 毫米厚的小录像带，既可以看录像带学习，也可以看电视。平时我总是带上耳机来看电视，这一天因为四周没有人，我就直接放出声音来听了。那时正是《大视角》节目时间，我就收看着这个节目。

一边看电视，我一边取出了一卷削海带条，这是前些天我和《彻子的小屋》节目的同事们一起去浅草逛街的时候买的。我以前还没见过这种东西，这是在通往浅草观音堂的商店街上，卖海带的小伙子当场削成的。小伙子用刨子在一条 1 米长的海带上"刷——"地推了过去，于是就出现了一条像手艺极高的木匠刨出的刨花儿一样的海带条。海带条薄薄的，长长的，漂亮极了，宽度大约 7 厘米，厚约 0.1 毫米，长度达到 1 米，颜色是极淡极淡的绿色，真像艺术品一样。我们在一边观赏了好久小伙子的手艺，然后买了一些。现在我拿出这个海带条，它卷在了一起，我轻轻地把它放开，拉到 1 米长，然后放进了嘴里。

我们安静地坐着，列车向着岐阜驶去。我由于坐惯了新干线，一直以为在抵达终点 5 分钟前会有人告诉我们"到岐阜了"。我这样净往好处想，其实是很危险的。后来我注意到，这列火车（也许是电车吧）的车门上方有一块电子显示屏，上面会显示出下一站的站名。当扬声器中传来"岐阜！岐阜！"的报站声时，我想应该快要到站了，哪知道朝外面一看，竟然已经见到车站的月台了！

"不得了！已经到岐阜了！"

我一边嚷着，一边慌忙收拾行李准备下车。但这时火车已经停在了月台边上。无奈我只好把包背到肩上，右手提着靴子，拿着大衣，左手拿着电视机，光着脚跑下车，

戏剧之旅

119

站到了月台上，嘴里还拖着那卷长长的海带条。不过因为这一站只有我们这些人下车，我倒还不觉得太难为情。可是，让我大吃一惊的是，我发现不远处竟然站着十多位岐阜事务所的人！原来人家是来迎接我们的，人们站成一排，惊讶地看着我。我光着脚，手里提着靴子和大衣，而且因为来不及关上电视机，电视中还在放映《大视角》节目，画面是关于一位演艺界人士离婚的记者招待会，记者的"请问为什么要离婚"的声音传了出来。

最为荒唐的是，我嘴里还拖着一卷 1 米长的海带条，那天的风很大，海带条翩翩地飘舞着。这个时候如果我把嘴张开，也许它会飞到哪儿去，但是那样就显得更加没有礼貌了。于是我只好由着它飘来飘去，就这么站在月台上。来迎接我们的人看到我这个样子，都不禁目瞪口呆。

而且，我在那里演出的戏剧是《居里夫人》，那可是世界上最有名的科学家，获得过两次诺贝尔奖。"这么蠢的女人真的能演好居里夫人吗?"我清楚地感觉到，那一刻，来迎接的人们脑中一定闪过了这样的念头。

从那以后，我就不在车上脱鞋了。虽然有人说我把"反省"两个字忘在妈妈肚子里了，但是偶尔我还是会反省一下的。

我闹出的笑话不止这个，下面说的是"煮鸡蛋事件"。和我一起巡回演出的剧团的招牌女演员木村有里是我多年的老朋友，现在我们还在一起演出《幸福地比个头儿》。木村特别喜欢吃煮鸡蛋，据说即使天天吃也吃不厌。几年前，有一次不知为什么我和木村住的宾馆不一样。我很晚才去吃晚饭，过去一看，篮子里有许多煮鸡蛋。我虽然不太喜欢吃煮鸡蛋，但想到给木村带点去吧，于是就装了两个在羽绒服的口袋里，左右口袋一边一个。

当我们一块儿坐上列车的时候，我对木村说：

"我带了两个煮鸡蛋给你。"

木村说：

"啊，太好了！我今天还没吃过呢。"

我听了也很高兴，把手伸进口袋里去拿，可是却没摸到煮鸡蛋，口袋里滑溜溜的，不光是滑溜溜的，口袋底还沉甸甸的。这时候我突然意识到，我以为是煮鸡蛋，实际上偷来的却是生鸡蛋。当我坐出租车的时候，或者在候车室里的时候，我一定是压着了大衣的口袋。我两只手的手指头上都沾着黏糊糊的蛋黄，对木村说：

"不好意思啊。"

木村眼疾手快地拿出湿纸巾来，一边给我擦着手，一边说道：

"你的一片心意我心领啦。我很高兴。不过生鸡蛋和煮鸡蛋你拿在手里的时候分不出来吗？"

我吃了一惊，我一直以为生鸡蛋和煮鸡蛋只有打开看看才能分出来。据木村说："手里拿着煮鸡蛋的时候，感觉比较硬，而生鸡蛋则总感觉有点空，或者说有点软，比较轻的感觉。"真不愧是天天吃鸡蛋的人，到底不一样啊！我的口袋虽然清理了一下，但一整天都是湿乎乎的，感觉很不好。

这一次巡回演出将近一个半月，从 3 月 1 日开始，我们转了很多地方，有仓敷、松江、福山、西大寺、鸟取、米子、出云、冈山、广岛、吴，山口县的柳井以及德山等。幸运的是，我虽然无法看到东京的樱花盛开，但比东京花开还要早9天就看到了樱花。在广岛以后去的那些地方，也到处都能看到盛开的美丽的樱花。远山黑郁郁的树林之间浮现出粉红色的雾霭，仿佛在喊着"我们在这里"。大自然真是太伟大了。

歌剧演员玛利亚·格蕾斯曾经说道：

"即使没有茶花女，太阳也照样升起；即使没有歌剧演员，地球也依然转动。不过，因为有了我们，这个世界也许会变得更美丽一点吧？比起没有艺术、没有这些美好的东西的世界，也许会更加丰富多彩、更加聪明一点吧？而我也不得不这样认为……"

这是我演出的戏剧《马斯特·克雷斯》中，玛利亚·格蕾斯最后的台词。我当然无法和玛利亚·格蕾斯相提并论，但当我在德山的街头，一个人徜徉在樱花树下，向着剧院走去的时候，我抬头望着樱花，不禁想到："我也相信是这样的，我也在努力着。"樱花和湛蓝的天空融为了一体。

说　教

　　我自认为自己善于说教，但是这只限于对小动物和小孩子们，我还从来没有对大人们说教过，而且我也从来没有想过要做那么狂妄的事。我最初一次说教的对象是插图画家和田诚先生家的猫，结果那只猫变成了一只彬彬有礼的猫。那只猫和赤塚不二夫先生家的那只因为会拱手作揖而闻名的猫菊千代是亲戚，名叫桃代。

　　这只猫本来很不听话，我去和田先生家和他太太黎美说话的时候，它就在屋里上蹿下跳，还来抓我的衣服，四处乱跑，一秒钟也不肯停下来。我们准备品尝黎美做的拿手好菜的时候，猫也在旁边不停地蹿来跳去，让人定不下神儿来。于是我想试着让它安静一点，就开始教育它。

　　我抓住桃代，把它摁到我的膝盖上，两手抓住它的两只前爪，盯着它的脸开始了说教。说教的内容我已经不记得了，不过当时电台主持人白石冬美女士正好也在那儿玩，她在自己写的书里记述了这件事。下面是我从白石女士的那本《精灵志愿》书中引用的，简单概括一下，大致是这么回事：

原来那天傍晚，我去逛了大鸟神社庙会，看到了在庙会上卖的染成粉红色、绿色的观赏小老鼠，我的说教就从那里开始了。"那里有人在卖粉红色的小老鼠，还有绿色的小老鼠，在庙会上，知道吗？哎，不要乱动，好好听着，喂，朝这边看。"总而言之，我的意思是，比起那些被染成五颜六色的小老鼠来，你真是身在福中不知福。我正在教育桃代的时候，渥美清先生也来了，对我说："那样猫会变傻的，快别说了吧！"大家都笑得前仰后合。但我还是锲而不舍地接着教育桃代。——这些情节我都已经忘记了，真是非常感谢白石女士替我把它记了下来。

"终于，桃代大概也认输了吧，不再挣扎，安静地待在那里。黑柳女士握着它的胳肢窝下面，它两只后腿伸在前面，像个娃娃那样坐着，这副姿势对猫来说显然非常不自然，但桃代就这副样子呼呼地睡着了。"

这段描写也只有爱猫的白石女士才能写出来。

那么，后来桃代怎么样了呢？从那以后，只要从大门口传来我说"打扰了"的声音，桃代就立刻钻到椅子下面或者什么东西底下躲起来，藏得无影无踪，而且一声不吭，一直等到我回去。它竟然成了一只令人惊讶的彬彬有礼的猫了。它本来是个活泼烂漫的小猫，变成这样也怪可怜的。不过家里有客人的时候，如果还自顾横冲直撞、吵吵闹闹的，那毕竟不是好事，所以我觉得这番说教还是有益的。

从那以后，我对许多动物都进行了说教，其中有上野动物园的狼，到我家里来的小熊猫兔，美国亚利桑那州的马等等。不过，当我想和动物一起拍照片的时候，我不是进行说教，而是说"拜托你啦"。

由于我有这些经验，在我进行戏剧之旅的时候，我还对婴儿和小孩子进行了说教。那是我第一次乘坐东北新干线的时候。我乘坐的是软席车厢，我前面的坐位上是一位带着婴儿的年轻母亲，那是第一排坐位了。窗边坐着的人看上去像是婴儿的外婆或奶奶，而妈妈和婴儿则是在我前面。

那孩子拼命地哭着。说是哭，倒更像是在悲伤地叫喊着什么。我本来打算看书的，可是孩子的哭声实在太大，我的精神老是集中不起来，没法看书。那位年轻的妈妈却不去问孩子为什么哭，只是抱着他。听孩子的哭声，我觉得他是想告诉妈妈什么，可是我又不便去跟孩子的妈妈说这样的话。孩子一直哭个不停。大概由于时间的原因吧，车厢里人并不多，没有人抱怨孩子的哭声烦人，车就这么向前奔驰着。我想起一件事，那就是每当我妈妈问我"你讨厌什么"的时候，我总是回答"婴儿的哭声"。

过了一会儿，婴儿的妈妈站了起来，把孩子放在坐位上，自己朝前面走去，走出了这节车厢。一定是去上厕所吧。这时我决心要和那个婴儿说说话。我转到前面的坐位旁边，对正在望着窗外的孩子的外婆说道："对不起，我想和娃娃说说话。"外婆并没有吃惊，又朝窗外看去。"太

说
教

125

好了!"我弯下腰,把脸凑到婴儿的脸跟前,让他能够看清楚我。婴儿大概有 5 个月左右大。

"哎,打扰了!"

我这么一说,满脸通红地哭喊着的婴儿看了看我,他满是惊讶的眼神明白地停在了我的脸上,突然止住了哭声。我静静地说道:

"嗯,你在哭啊。好大的声音啊!我很为难,因为我不能看书了。我知道你还不会说话,你是不是想要换尿布,要么是肚子饿了?这可得想个办法让妈妈知道啊!光是哭也不行啊!"

也许有人会觉得我对婴儿说这样的话没有用,也许有人觉得我这么说小孩子太可怜了。可是我作为联合国儿童基金会的亲善大使,近 20 年来,和许许多多的小孩子说过话,有非洲的、东南亚的、中东和近东地区,以及中南美洲的孩子们,我们的语言完全不通,我就是用日语和他们说话的。我还曾经和濒临死亡的孩子说过话。

通过这些经历,我明白了那些缺乏食物和药品的孩子们,也同样缺乏爱。

当我抱起一个因为营养不良而连哭的力气都没有的孩子,他伸出小手抓住了我的衣服,怎么也不肯松开手。有一个小孩子因为严重腹泻而导致脱水,身上的皮肤像老人一样满是皱纹,为了止住他的脱水症状,人们给他喝些流食,可是他却把杯子扔掉了。那孩子是个孤儿。我一边对他说:"喝一点吧,不喝会死的。"一边把流食盛到杯子里放到他的手里,他看着我的脸,拼命地喝着。还有因为被

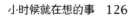

已经去世的母亲感染而患上艾滋病、已经到了艾滋病晚期的婴儿，他只是呆呆地望着远处。可是当我对他说："真可怜啊，本来想做一个健康的孩子，可是……"他突然猛地把脸转向了我，定定地看着我，本来望着远处的眼睛，现在也专注地看着我的脸。在我和他说话的 5 分钟里，他一动不动，只是定定地看着我的脸。那是一种非常认真的神情。可是传来了"要出发了"的声音，我只好对他说："对不起，我得走了。"把脸从他面前挪开，那一瞬间他仿佛绝望了，眼睛又朝远处望去。"你究竟为什么要来到这个世上啊！"我不禁泣不成声。

就这样，近 20 年来，我见了众多的儿童和婴儿，我从来不觉得和他们说话是没有用的，我深信他们能够理解。

不过，许多婴儿营养充足，妈妈又守在身边，不知道又会是什么样子？但我还是相信婴儿，我想，和他说话不会是徒劳的，于是接着说下去。新干线上的这个婴儿已经完全止住了哭声，脸上滑溜溜的都是眼泪鼻涕，就这么静静地看着我的脸。我用纸巾替他擦去眼泪和鼻涕。这是一个健康的孩子，精神十足。我感到他好像在想："这个人不是妈妈，我不认识她，她在对我说着什么，我得好好听听。"这么小的孩子似乎就知道了别人在责备他，这不免有些好笑，不过我还是温和地说着话。孩子已经完全不哭了。

这时候，孩子的妈妈回来了，我不能说自己对孩子进行了一番说教，只说：

"真是个可爱的娃娃啊！"

年轻的妈妈笑着说了一声"哎"，把孩子放到了自己的膝盖上。我也回到了自己的坐位上去。

这时候，刚才还非常安静的孩子突然大声地哭了起来，声音比刚才还要大上一倍。但我马上发现了他为什么会哭，原来他是想让妈妈替他换尿布。妈妈换好了尿布，孩子的哭声马上低了一半音量，但还是很伤心似的哭着。妈妈一边哄着"好了，好了"，一边把他抱起来。

这下子，孩子就能够隔着妈妈的肩膀看到我这边，和我的视线碰到了一起。令人惊讶的是，孩子发出了一声"哎——"，顿时止住了哭声。很明显，他和我的眼神相遇的时候，明白了"不得了，是那个可怕的人"，于是停住了哭声。

妈妈奇怪地说："咦，怎么了？"我也担心要是孩子痉挛了，那可怎么办？妈妈是竖着抱他的，所以我和孩子的眼神又一次碰到了一起，我发现他并没有痉挛，顿时放下心来，"太好了。"

很明显，那孩子意识到了我的存在，还是抽抽搭搭的，但没有再哭出来。小孩子都懂得忍耐，那样子真惹人怜爱。而且，他还不停地朝上转着眼珠看我。

这时候，妈妈总算说了一句"是不是肚子饿了"，开始给孩子喂奶。孩子顿时安静下来，乖乖地吃起奶来。

从这之后，孩子就没有再哭过。不过好像是饿坏了，吃了好长时间奶。真是个懂事的孩子。他只不过是想要换换尿布，想要吃点奶，却被我说教了一番。

我下车的时候，妈妈和孩子都睡着了。外婆也睡着了。

甜甜地睡着的孩子的脸蛋宛如天使一般。

我的又一次说教发生在地方上的一列火车上。那是个男孩子，看上去像是小学三年级的学生。他和我隔着走廊，坐在我对面的窗边。他的父亲和他在一起，父亲和我之间隔着走廊。

男孩子看上去非常任性，旁若无人地大声和父亲说话。我很喜欢听孩子们连珠炮似的提出很多天真烂漫的问题，当我还是个小孩子的时候，也总是"哎，为什么，为什么"地问个不停，甚至被人叫做"打破沙锅问到底的小豆豆"。所以我一向觉得小孩子爱问问题"不是很好吗"。

可是火车中的这个男孩却一点儿不知道不该干扰别人，完全无视车厢里还有别的客人，大声地喧哗着，一会儿问："茶！有没有茶？"一会儿又抱怨："好热啊！"一会儿又看着窗外路上奔驰的小汽车问道："哎，为什么那些小汽车比火车跑得慢？"如果他是第一次坐火车，感到特别兴奋，那还可以理解，但他却又不像是第一次坐火车。这么大声地吵吵闹闹，而且这孩子没有问过一个稚气有趣的问题。

我一直期待着能够听到有趣的问题，这时候不禁十分失望。不管他声音多么大都不要紧，我希望他能够问点有趣的问题，让人觉得"到底孩子的想法不一样"。可尽管如此，那孩子还是不停地说着话，连父亲的话也不怎么听。我既无法读书，也无法睡觉，暗暗地想："是不是只有说说他才行呢？"

不久，终于等来了一个机会，孩子的父亲说了句"我去一下厕所"，从位子上站了起来。我等父亲的身影看不见的时候，轻轻地坐到了父亲的坐位上。

"哎，对不起，我和你说句话。"

我对男孩子说道。男孩子刚才好像很没趣地摇晃着腿，听了我的话，飞快地瞟了我一眼。

"嗯，我很想睡觉，可是你的声音那么大，让人睡不着。还有别的大人也被你吵得睡不着。这里不是你自己的家，你小点声说话好吗？"

这孩子并没有我想像的那么傲慢，不过他斜着眼睛看我的神情，确也不太可爱。

"知道了吧？"

我追问了一句，想确定一下。他满是不情愿地"嗯"了一声。我希望委婉一点收场，于是温和地加了一句：

"那么就拜托你啦。"

说完，我回到了坐位上。厕所好像离得并不远，我刚一回到坐位上，厕所的门就开了，孩子的父亲回来了。我装做看书，悄悄地观察着那个孩子。孩子只是默默地朝窗外看着，父亲似乎也觉察出他和刚才不一样了，问他："喂，你怎么了？"

"坏了！要是他对父亲说'那个阿姨说我了'，那可怎么办呢？"

刚才我一直没有想到这一点，我顿时有些紧张起来。婴儿固然不会告状，可是一个小学三年级的孩子也许会说出来。

可是，这也是孩子们的有趣之处，男孩只是看着窗外说了声"没什么"，并没有要告状的意思。他一定是心里明白自己有不对的地方，所以不会告状。我松了一口气。

可是那孩子变得这么听话起来，我不禁同情起他来，于是从包里拿出一些糖果。因为我想起那孩子曾经问"有没有茶"，可是没有茶卖，结果他什么也没有吃到，而且他也没有提到吃东西的事情。我拿出五六块包着漂亮糖纸的糖块来，对孩子的父亲说："请您给孩子吧。"把糖递了过去。父亲很高兴地说："啊，多谢您了。"又说："那我就不客气了。"把糖递给男孩，说："看，阿姨给你的糖，快接着吧。"

　　这时候，男孩子瞟了我一眼，挡住了父亲的手，干脆地说："我不稀罕!"父亲不禁大为狼狈，连忙对我说了句"对不起"，又对男孩子说："说什么呢? 快接着吧，这是阿姨的心意。"孩子望着窗外，又说了一遍："我不稀罕!"看来这孩子在拼命地对我表示不满，我不禁有些好笑。可怜这位父亲，只好又对我说了一遍"对不起"，把一块糖放进自己嘴里，说："那我就不客气了。"父亲当然不会明白，为什么儿子会这么干脆地表示"不稀罕"。

　　这以后男孩子没有再大声说话，而是规规矩矩地坐在那里，所以车厢里安静了下来。

　　过了一会儿，父子俩到站了。父亲是一位非常礼貌的人，又对我说了"多谢您"，然后站了起来。男孩子抢在父亲前面朝出口跑去。我以为他要躲开我，结果不是的，原来在月台上站着好几个人在迎接他们，其中有一位像是孩子的妈妈，还有一位像是奶奶。那孩子下车以后，女人们立刻把他围在了中间，显然这孩子一向被宠爱着，是娇生惯养长大的。

我真像是一个不怀好意的老太婆啊！我一边这样想着，一边望着月台上的那副情景。那个男孩子一定从来没有被人责备过，可是这孩子以后再坐车，如果想要大声喧哗的时候，也许会想到"可能又会被谁说一顿吧"，从而学会低声说话。如果能够这样，那不是也很好吗？我望着月台上的那一家人，心里这样想着。

　　我的记忆中只有一幕有关月台的景象。那是战争结束后已经很长时间了，我父亲从西伯利亚复员归来，回到品川车站时的情景。父亲离开的时候我还是一个小学生，而他归来的时候我已经是女中的学生了。父亲身上穿着褐色的衣服，那还是他在西伯利亚做俘虏的时候的衣服，背着包，戴着一顶褐色的工人帽，手里还拿着小提琴。父亲几乎转遍了所有的俘虏收容所，这才复员回到日本，所以他回来得非常晚，是坐最后一班回日本的船回来的。现在还有一张父亲那时候的照片，也不知道是谁给他拍的，因为有这张照片，我就还能够想起当时的情形，其实说心里话，我已经记不清楚那天的细节了。比如说父母亲重逢的时候，究竟是如何悲喜交集，父亲都说了什么话等，都记不清了。

　　不过有一点我是记得的，那就是父亲见到我，说："豆豆助，你长大了啊！"还有就是爸爸和别人握手的时候，我发现他的手和原来一样，还是很大。再剩下的印象就是长长的月台了。也许过分欢喜的时候，人们就会忘记那些细节吧？反正，这已经是很久很久以前的事情了，50年转眼过去了，我似乎真的把它们忘记了。

　　那个男孩子不要的那些糖果，是青苹果味道的。

我爱着的人们

圣诞老人

　　我小时候，比起过新年来，我们家更重视过圣诞节。这自然是因为我们家信仰基督教。在战前还很少有人家过圣诞节。我们过圣诞节并没有达到要吃火鸡那么隆重，只不过装饰一棵圣诞树，妈妈做几个好菜，再加一块蛋糕罢了。我觉得最高兴的是，妈妈会在过圣诞节前问我："你想跟圣诞老人要什么？"我最喜欢布娃娃了，有好几次我都托妈妈告诉圣诞老人我要布娃娃。圣诞前夜，我把袜子挂在床头，第二天早晨一睁开眼睛，就会看到我的枕边放着布娃娃和圣诞老人写给我的信。

　　我总想要看一看圣诞老人，可是不管我多么努力，总是不知不觉就睡着了。等到睁开眼睛的时候，不知什么时候礼物已经送来了，于是这天早晨我总在快乐与遗憾交织中度过。在小学二年级以前，我一直深信确实有个圣诞老人存在，可是到了三年级的时候，我却开始怀疑："是不是并没有什么圣诞老人呢？"

那一次，妈妈像往年一样问我："你想跟圣诞老人要什么呢？"我说："想要一个大大的蝴蝶结。"我曾经看到过一幅漂亮的画，画上的女孩子的头发斜斜地扎在头的一侧，上面缀着一个大大的蝴蝶结，所以我也想要一个。妈妈说："是吗？那我跟圣诞老人说说看。不知道圣诞老人知不知道那样的蝴蝶结。"

那时候，战争已经开始了，漂亮的东西都从街头消失了，食物、点心之类自不必说，玩具什么的也极为有限了。可是我以为战争和圣诞老人没有什么关系，只要是我向圣诞老人请求的礼物，他都会送给我的。过去我无论是要布娃娃也好，弹力纱线编成的小玩具也好，或者成套的做手工用的花纸也好，他都把这些礼物送给我了。所以这一次我要的蝴蝶结也一定会出现的，我满怀着期待钻进了床上的被窝里（在战前已经有床了）。

第二天一早，我一睁开眼睛就去摸枕边的礼物，只觉得手一下子触到了一个硬硬的东西，好像和蝴蝶结的感觉不一样！我跳起来去看到底是什么礼物。我一看就发现，这次的礼物不像原来那样用可爱的漂亮包装纸包着，而是用旧包装纸姑且代替了。我拿着那个长方形的小包，心怦怦跳着，打开包装纸一看，眼前出现了一个毽子球拍，没有我所希望的蝴蝶结。那是一只画着女孩子图案的毽子球拍，球拍似乎是用苹果箱子的木板或者什么木板做成的吧，木头的纹路很是粗糙，接合的地方还有小孔。球拍的颜色也很浓艳，鲜艳的蓝底上画着一个梳着童花头的女孩子的脸。

我拿着那只做工粗糙的毽子球拍，心想：圣诞老人也会没有东西了！那时候我突然意识到："会不会根本没有什么圣诞老人？"如果真的有圣诞老人的话，他不会送给我这个我根本没跟他要过的东西。如果他要送给我毽子球拍的话，也应该送当时在女孩中流行的画着兜兜转娃娃的球拍才对啊。何况我还请他送花蝴蝶结给我呢！比起"圣诞老人不存在"这件事，更让我感到震惊的是圣诞老人那里也会"物资不足"。那个时代到处都能听到"物资不足"这句话。人世是这个样子，可是我一直相信圣诞老人是从另一个世界中把很多我们从没见过的东西送过来的，可没想到……我没有把这些想法告诉妈妈。毽子球拍上的女孩子头上戴了一个大大的粉红色蝴蝶结，我隐隐约约能够想像出妈妈一定是四处寻找，才买来了这么一只球拍的。

直到现在，每当我听到"圣诞礼物"这个词，就会想到那幅戴着蝴蝶结、颜色浓艳的大眼睛女孩的画，还有那只上面有小孔的薄薄的毽子球拍。而且，我还会想起妈妈说"是吗，不知道圣诞老人知不知道那样的蝴蝶结"的时候，她那有些为难的样子。

我的外祖父

我曾经见过一次外祖父。我的祖父在我出生的时候已经去世了，所以我只见过他的照片。说女性长寿的确是事实，他们的妻子们，也就是我的祖母和外祖母都要比丈夫长寿得多。

在我的印象中，外祖父是一个沉默寡言的人。他的个子非常高，按照过去的说法是身高六尺二寸，现在说则是有一米八十以上，是一位玉树临风式的人物。

外祖父当年进的是培养医生的仙台医学专门学校（即现在的东北大学医学部），他和鲁迅先生是同级学生，我是长大以后才听说这件事的。如果我早一点知道的话，就可以问他很多事了，真是很遗憾。不过我见外祖父的时候，只是个小学低年级的学生，这注定是没办法的。

外祖父当年决心要做一名无医村的医生，也许当时在年轻人中有这么一种风气吧。他想，如果去许多开拓者纷纷前往的北海道，也许就可以做一名无医村的医生了吧。于是他就去了北海道。还有一个原因是外祖父的父亲，也就是我的曾外祖父也是一位医生，同时他还是一位考古学家，他也劝说外祖父去北海道。好像这是因为如果外祖父去了北海道，可能会在考古方面发现不少有趣的东西，如果发现了就能向他报告的缘故吧。

我深深地感到，过去的人们真是很有闲情逸致。如今医生的孩子为了继承父母开办的医院，拼命努力要成为医生，现在和过去的那个时代已经迥然不同了。

确实，在考古学方面，北海道是一个很有意思的地方。据说我妈妈小时候经常跟着父亲，在地上拾到各种各样的东西。

我曾经问妈妈：

"都是些什么东西呢?"

妈妈答道：

"有箭头啦，石刀啦，碎片啦，用石头做的什么东西的一部分之类的，什么都有，在那里到处都是。"

关于箭头什么的，我觉得妈妈的话大概靠不住。因为妈妈曾经说过这样的话：

"我的曾祖母曾经说：'伊达政宗①大人对我非常亲切，那真是一位好人。'"

---

① 伊达政宗(1567~1636)是日本江户初期的著名武将,继承父业雄踞奥羽一带,后来归顺丰臣秀吉。

我问：

"妈妈，伊达政宗是德川家康和丰臣秀吉那个时代的人，和妈妈的曾祖母不在同一个时代吧？"

妈妈却理所当然似的说道：

"可就是这样的呀！曾祖母他们从长崎逃到仙台，因为他们是基督徒嘛，想到伊达政宗大人会保护他们，所以才到仙台来的。他真的是一位非常亲切的人。"

我想起了 NHK 电视台的历史电视剧，就说道：

"那已经是 400 年前的人了，就算是妈妈的曾祖母，算一下也不对劲啊！"

可是妈妈仍然说：

"哎呀，不是那样的吧。"

妈妈就这样无视历史，甚至达到了可笑的程度，不过妈妈听曾祖母说这段故事的时候只有 6 岁，也许她是漏掉了曾祖母所说的"咱们家的老祖先……"这个地方也未可知。现在我还经常和妈妈说起"伊达政宗大人非常亲切"，都不禁哈哈大笑。

再说我的外祖父，由于受到他父亲的支持，一毕业立刻就去了北海道。在离札幌不远的一个叫龙川的镇上，建立了一座小小的医院。外祖父乍一看沉默寡言，让人稍微有点害怕，可是如果穷人说自己没钱看病，他就会说"算了吧，算了吧"，免费为人家看病给药。所以，家里的大门口总是堆满了这样的人送来的蔬菜之类的东西。这些也是妈妈告诉我的。

在战争快要变得激烈起来之前，有一个暑假，妈妈带我去了外祖父家。那里有许多我们家没有的东西。外祖父养了许多鸟，有好几个鸟笼。外祖父一只一只地喂鸟儿吃食。院子里盛开着许多大大的西番莲，有红色、粉红色、黄色的，我还从来没有见过这么大的花。那是外祖父精心培育的花。

还有一件奇怪的事是，在候诊室里摆着一张台球桌，我本来已经完全忘记了这回事，不过就在不久前，有一位女台球冠军在电视上露面，她说也许明年台球就会成为奥运会的正式比赛项目。当时我想："打台球很不错嘛！真想打打看，不过不知道哪里可以打。"突然我觉得好像曾经在什么地方见过台球桌，于是我想起原来是在外祖父家见过。

外祖父远离家庭，成为了无医村的医生，对他来说，也许打台球是他的慰藉吧。当然我当时并不知道什么是台球，只知道那是一张大桌子，上面贴着绿色的像布一样的东西，还有各种颜色的球在桌上滚动……我只是这样想着，远远地看看而已。我不记得见过外祖父打台球，不过据说他打得相当好。

外祖父的医院和我在东京的家迥然不同，我每天都有新的发现。我和外祖父几乎不怎么说话，外祖父看起来非常忙碌。美丽的外祖母总是夹着一本《圣经》，安安静静地生活着。外祖父身材高大，外祖母却非常娇小，她穿着洋服，这在那个时代非常罕见，她也经常做礼拜。外祖母最喜欢吃的是煮红薯。外祖父有时显得比较奢侈，比如他会让人从东京带香蕉过去，但外祖母最喜欢的却是红薯，后来又喜欢红薯做的羊羹。我总觉得有点儿好笑，《圣经》、赞美诗和红薯羊羹感觉似乎不是那么和谐。

有一天早晨，外祖父突然对我说："跟我一块儿出门吧？"我虽然没明白是怎么回事，但感觉到会很有意思，于是我就说："我去。"换上了出门的衣服，穿上了鞋子。外祖父穿了一双很帅气的没到脚踝的黑靴子，靴子的两边裹着胶皮，护士提着包跟在外祖父的身后，一起走出了家门。当时的情形我记不太清楚了，不过印象中是我们坐了一小会儿火车，下了车后有一辆马车来迎接我们，是两匹马拉的马车，那真像是灰姑娘坐的马车，我不禁兴高采烈。即便这是短腿马拉的车，也足够棒了。好像马车的什么地方系了铃铛，一路上"丁零丁零"地很热闹。

马车嗒嗒地跑在路上，从路上可以看得到牧场。我还是第一次看到那样的景色。舒缓的绿色牧场上有牛羊在吃草，还可以看得到小羊。夏季的天空湛蓝湛蓝的，空气很干爽，让人心旷神怡，到处都盛开着花朵。遇事最爱刨根问底的我，这一次却没有问外祖父我们要去哪里，这倒不是因为害怕他，而是觉得"哎，哎"地开口问外祖父可能很不礼貌。当时我虽然还是个孩子，但也感觉到了这一点。

马车跑了相当长的时间。我原来还担心路太近，那未免有点遗憾，现在可以坐那么长时间的马车，不禁十分高兴。这中间外祖父什么话也没说，可是我并不觉得没趣。我在那之前所认识的成年男子有爸爸、叔叔、小学的校长先生、书店的大叔、小儿科医生、爸爸的音乐家朋友，还有木匠大叔等等，可是外祖父和所有这些人都不一样。现在想来，和外祖父一起乘坐马车的那一次，也许是我那时的人生中最为沉默的一刻了。

牧场走完了，接下去的地方像是还未开垦的荒地，驾着马车的叔叔让马停住。马老老实实地站住了，铃铛却还留下"丁零丁零"的余音。不远处孤零零地站着一座小木屋。我定睛一看，发现那里有很多人排成一队等待着。有男人，有女人，还有孩子。有的人还用绷带缠着手。在晴朗的天空下，只有那里有些昏暗，好多人聚在一起，但是却非常安静，简直是寂静无声。我还是第一次见到那样的情景。

外祖父下了马车，护士也跟了下来。我站在马车上张望着。外祖父走近人群的时候，昏暗的人群仿佛一下子变得明亮起来。本来有些垂头丧气的人们开始七嘴八舌地说着什么，见到外祖父，向他鞠着躬。那时候我虽然还不明白是怎么回事，但心中很是震动，外祖父看来是一个很好的人。长大以后我明白了，外祖父希望做一个无医村的医生，他就是那样四处为人们看病的。那所小木屋就是外祖父建造的诊所。对于没有医生的地方来说，实在没有比看到医生到来更让人安心的事了。

外祖父和我一道乘坐马车过来，但他什么也没跟我说。即便如此，我在那一刻，对外祖父决心去做的事情充满了尊敬。外祖父一生都在实践自己要做无医村的医生的诺言。坐马车回去的时候，外祖父望着牧场说了一句话：

"到了冬天，这一片地方都是雪。白茫茫一片，很漂亮啊！"

"噢——"

听了这话，当时我只是想，到冬天就可以滑雪，可以坐雪橇了，真棒啊！

在那么深的大雪中，外祖父为了给人们看病，就不得不冒着狂风大雪过来了啊。但外祖父的声音中一点儿也没有"太不容易了"的感觉。我把路边开放的紫色小花小心翼翼地放进衣袋里，打算把它们做成干花。也许我是想要留下一些和外祖父在一起时的纪念吧。

我自从在联合国儿童基金会工作以后，经常到非洲去。在经过完全没有医生的沙漠地区的时候，我突然想起了外祖父。如果外祖父生得再晚一些的话，他一定会参加"无国境医师团"这样的组织，到这样的地方来的吧？

"外公！"

我几乎没有叫过几次外祖父，可是当我来到沙漠的时候，我突然很想叫一声"外公"。即使是在非洲，外祖父一定也会沉默着，步履匆匆地走到正在等待着医生的人们中去的吧。

外祖父在战争期间去世了。据说在他去世的那天，笼子里的鸟儿们也全都死了。并不是因为没有喂它们吃食，可它们就都死了。我虽然不清楚是怎么回事，但我想，也许病人和鸟儿们都知道外祖父是真正地爱着他们的。

贺 卡

　　过新年的时候我去了芝加哥。我已经有 41 年没有去芝加哥了。芝加哥日本工商会的人们告诉我那边非常冷，要我多加小心，于是我穿得像是要去南极探险似的到了芝加哥。可是从我到达的那天起，天气变得晴朗温暖，仿佛春天一般。当然，屋顶上和路边还有积雪，但天气能够不冷真是太好了，一向怕冷的我不禁十分高兴。

　　1959 年，加拿大建成了水道，万吨级的轮船可以驶入芝加哥的密歇根湖，大西洋和密歇根湖等五大湖连接了起来。全世界都在拭目以待，第一个驶入密歇根湖的会是哪里的轮船呢？原来就是日本的饭野海运的轮船。饭野海运为了纪念这次航行，决定要在驶入密歇根湖的那艘轮船上，将东京都知事写给芝加哥市长的信转交过去，并且决定选一位穿着长袖和服的年轻小姐来完成转交信件这项工作。

当时我还是个年轻小姐，而且已经在当时最新潮的媒体——电视上露过面，我就被选中了来做这件事。这就是41年前我到芝加哥的来龙去脉。那个时代日本人要想去国外还非常难，而且也不像现在这样可以直达。我们在夏威夷停靠加油，花了半天的时间，下一站到了旧金山，在旧金山的宾馆住了一夜，然后终于到了芝加哥。现在想来，那真是一次漫长的旅行。当然，那时我们乘坐的还是螺旋桨式的飞机。

我第一次来到芝加哥，感觉最新奇的是琳琅满目的各种贺卡。那时候在日本只能见到圣诞卡，而且种类非常有限。可是在芝加哥，店里各种卡片摆满了好几层架子，真是应有尽有，用途也不一而足。圣诞卡自不必说，单单是生日卡，就分成"给我亲爱的丈夫"、"给爱妻"、"给儿子"、"给女儿"、"给孙子"等等，种类之多，令人难以置信。

当时还非常年轻的我，站在卡片前感到十分震惊。这无疑是我第一次感受到文化冲击。而且，每一张卡片都做得那么漂亮，也让我惊讶。卡片中写着的字句，也深深打动了年轻的我。

"给我的爱妻：祝你生日快乐！能够遇到你是我的幸运。我每天都这么想，特别是今天，我想大声地告诉你：你是世界上最好的太太！"

也许有人会觉得"这是什么呀？太肉麻了"，那么还有写给妻子的比较含蓄的话：

"祝你生日快乐！我和孩子们都要感谢你！"

当然，也有的卡片里面什么都没有。如果你想写点自己要说的话，那就选没有字的卡片好了。这样的卡片也是五花八门，有情人节用的，探望病人的，追悼死者的，祝贺分娩的，等等。

那一次我几乎都是用卡片来向人辞行的。我还买了几张"给丈夫"的生日卡，然后又买了"给儿子"、"给女儿"的，买得顺手，索性连"给孙子"、"给孙女"的统统买下来了。结果这些卡片一张也没有使用，在箱子里一放就是好多年。

有一天我想看看这些卡片，却发现信封上的糨糊粘到了一起，想看看里边，打开以后就已经弄破了，于是这些卡片就这么不了了之了。关于这件事的细节，我以前在《丢三落四的小豆豆》这本书中已经写过了，不过想起来还是非常遗憾。"给儿子"的卡片上画了一只大眼睛的小鸡，几十年过去了，可是这只小鸡还和刚买的时候那样，脸上一派天真烂漫的淘气样子，单腿站在那里。回想起年轻的自己欢天喜地地挑选着这些卡片时的情景，我心中不觉涌起一阵惆怅。

我这一次去芝加哥，是受芝加哥日本工商会的邀请，为他们建会 35 周年作一次演讲。有 1200 多位日本人来到宾馆的会场中，但遗憾的是，我没有看到 41 年前我来芝加哥的时候见到的那些人。在这次拜会的人士之中，在芝加哥最久的人在这里住了 40 年。说起芝加哥，人们会立即想到阿尔·加勃奈，现在的芝加哥美术馆非常气派，交响乐厅也极为华美。人们生活宁静平和，物价也比日本低得多。

只是芝加哥被称为"风城"，顾名思义可知这里的风非常猛烈。风好像是从密歇根湖上吹过来的。我这次仔细地看了看密歇根湖，觉得它像海一样辽阔，要说它到底有多大，人们告诉我说，它是琵琶湖①的 86 倍，能够轻而易举地装下九州和四国两个大岛，真是巨大无比。

再说贺卡吧，我这回去芝加哥又吃了一惊。在宾馆旁边有一家普通的超市，里面有 6 个 3 米长的架子上摆满了各种贺卡。如果这么说还不足以表达出我的惊讶的话，那么可以换一种说法，那就是高两米的摆满了贺卡的架子绵延长达 18 米！而且这只是在一家普通的超市里！这样说您可能会理解我为什么吃惊了吧。如果去贺卡专卖店，情景一定更加壮观。我打算在这里从容地看一看，于是就从头开始慢慢观赏起来。

我已经不像过去那样立刻去买那些"给我亲爱的丈夫"、"给儿子"、"给女儿"的贺卡了，而是开始浏览里面的文字。

一张"给亲爱的儿子"的卡片里，写着下面的话：

"我无时无刻不在为你的幸福而祈祷。不管你去了哪里，做了什么，也不管你多大了，我对你的爱从来不会改变。如果说它有了什么变化，那就是我的爱更深了。"

收到这样的卡片，也许儿子会觉得挺烦人的，但我还是很佩服它表达出了母亲们的心声。

贺卡中的文字比过去更加讲究了，还增加了一些生动

---

① 琵琶湖是日本最大的湖泊，位于滋贺县中部，面积 670 平方公里，风景优美。

幽默的，甚至颇为辛辣的讽刺的词句。面对这些精致的贺卡，虽然我早就决定这回什么也不买，可还是不知不觉地蹲了下去，细看那些放在架子下一格中的卡片。等我回过神来的时候，我的购物篮里已经满是贺卡了。

我这次买的最多的是给母亲的贺卡。仔细一看会发现很多卡片上写着年龄，比如："祝贺您满90岁！"或者"您有85岁了？不会吧?！"在我年轻的时候，对这些东西是视而不见的。现在想到我的母亲也已经90岁了，我就买了一张。当然，给母亲的贺卡上没有写"祝贺满25岁"的，是从75岁左右才开始写上年龄的。而且也没有写着"92岁啦！哇——"这样有零头的年龄的，还是写上整整齐齐的年龄为好，收到贺卡的人也会感到高兴。写给90岁的人的贺辞，的确非常有韵味：

> 你所走过的道路，
> 你所见过的太阳，
> 你在人生途中所收集到的喜悦，
> 这一切对你来说，都意义深长。
> 能和你一起庆祝生日，我感到无比幸福，
> 祝贺你！
> 祝贺你的第90个生日！

另外，我这一次还买了很多"感恩卡"。种类实在是五花八门，形状也大小不一。我老早就觉得上面有"非常感谢您"字样的卡片，用起来很是方便。不过，芝加哥的卡

片也实在是太多了。我想："莫非芝加哥人喜欢贺卡?"问一下这里的日本人,知道了芝加哥人的确都非常喜欢使用贺卡。比如说邀请别人喝了一次茶,或者送了人家一点小礼物,第二天就一定会有"感恩卡"送上门来。大概不管电子邮件和传真怎么流行,芝加哥人还是觉得自己选一张贺卡,写上点儿什么,贴上邮票,再走到邮筒那里把它投进去,这样才能更好地表达自己的心意吧。

今年过新年之际,根据《邮箱》——一个收到了15年前寄出的明信片的故事,日本拍摄了好几部电视剧。据说有些人家的孩子们站在自家的邮箱前,屏住呼吸等待着从已故的父亲那里寄来的明信片"啪嗒"一声掉进邮箱里。跑去看看邮箱里有没有爱人寄来的情书,和等待着电子信箱发出"你有邮件"这种机械的声音也许差不多,但是就我个人而言,我也像芝加哥人那样,还是希望能够收到一封贴着邮票的信。

我平生第一次收到信,是在上小学以前,那是祖母写来的信,祖母在信中说道:

"你前几天来玩的时候,把滑石落在了这里。我先给你收起来,等你下回来玩的时候再带走吧。"

当时我真没想到会有人给自己写信,真是又惊又喜,我反反复复地把那张信纸拿出来念了好多遍。祖母看上去也并不是多么喜欢小孩子,可是为了一块小滑石,她就给我这个小孩子写了一封信,这也可以看出祖母的性格。(也许有人不知道什么是滑石,那是一种白色的小石子,可以在柏油路上画线啦,画画什么的。)

我还记得自己给祖母写的回信，大致是这样的：

"我家里还有一块滑石，那一块您先帮我收着吧，等我下回去玩的时候再拿回来。再见。"

我之所以喜欢贺卡，也许是因为小时候收到祖母的信的缘故吧。我已经发现，书信中似乎蕴藏着许多魔法。

抢座大妈

"完了！座儿被抢了！"

我居然也会让一位大妈把坐位抢走！这样的大妈真是太厉害了，简直和大家传说中的一模一样！和上次一样，我们这回也是进行巡回演出。这一次是在浦和演出，我从东京站乘列车过去。当演出在东京近郊进行，而且是白天演出的时候，我都一定是坐列车去。因为如果路上不挤的话，坐汽车还不算麻烦，但是万一出现突然的交通堵塞，那就很难办了，所以我都是坐列车去。现在地铁也非常方便，所以有时也会乘地铁。这天，我从东京站乘京滨东北线去浦和，我觉得一定能有坐位，所以准备好了车上要读的书，站在月台上等车。

我乘电车或火车的时候，很善于找坐位，在各地巡回的时候，我一般都能替大家找到座儿。当然我不会去推人家挤人家什么的，窍门是一定不要犹豫，一旦决定了要坐在哪儿，即便还有别的坐位看起来不错，也不要分心。这种找坐位的方法，是我很久以前在公共汽车上看一个小孩子找坐位的时候发现的。那时我们排着队上车，我前边有一个小男孩，看上去大概是小学三年级的学生。我们站在队伍的前边，按照顺序来说应该有坐位。而且这里是公共汽车的始发站，汽车开来的时候车里空荡荡的。我坐在车正中间的一个不起眼的地方。那个小男孩看了看，首先坐在最后排，接着又跑到了最前排，然后又坐到我的对面，但是又站了起来，四下张望。这段时间里，人越来越多，在小男孩"哦、哦"的时候，不知不觉坐位已经被坐满了，他站在汽车的正中央，急得快要哭出来了，一边还四处张望着。最后孩子的妈妈进来了，看到这副情景，责备他道：

"哎呀！你怎么搞的！没找到坐位吗？为什么？傻瓜！你不是站在前面吗！"

小男孩委屈地咬着嘴唇，但还是四下看着，想找一找有没有坐位可坐。我非常同情他，但也觉得他的举动非常有趣，确实稚气十足。如果上了车立刻就坐下的话，倒不像是小孩子了。因为他要和妈妈一起坐，心里一定想着"这儿好不好呢？不，还是更前面一点好。或者——"，于是跑来跑去，难以决定，结果坐位全被大人们占到了。虽然急得要哭了，但依然天真烂漫，非常可爱。

孩子的妈妈站在我前面，我小声对她说道：

"这孩子使劲地想找一个好坐位，不知道该坐哪里好，结果就没有找到坐位。真是很可爱啊，那么使劲地找座

儿!"

妈妈瞟了儿子一眼，说道：

"是吗？他总是什么也干不好，这孩子！"

我觉得那个孩子太可怜了，差点为他落下泪来。那孩子并不是做不好事，他是想找一个妈妈喜欢的好坐位啊。我深深地感到，这样不被父母理解的天真无邪的孩子，需要有人悄悄地关心他们一下。不过，看这个孩子的情况，我也发现"如果东张西望的话，那是找不到坐位的"，从那以后，我就决定了"先确定，再争取"的方法。

再说我去浦和那次，列车停在了东京站的月台旁边，下车的人很多，但车上的人还是不少。隔着车窗的玻璃，我找到了一个好坐位。我上车以后，看到那个坐位恰好还空在那里，不禁非常高兴，朝着坐位转过身去，想要卸下身上的登山包。坐位和我的膝盖后面有 15 厘米左右的空隙，这时候突然有一个大妈把脚插进这 15 厘米的空隙中，一屁股坐了上去。我卸下登山包，差一点坐到了大妈的腿上。说是我的坐位，其实也不是我自己的东西，只是我觉得自己能稳稳地坐上而已，而实际先坐上的还是大妈。我差点坐在大妈腿上，不禁为大妈身手如此麻利而惊诧。刚才我确实感觉到有人一屁股坐过来，但是我没有想到会真的有人来坐我摆好了姿势要坐的坐位。我回过头去，虽然没有说话，但用"明明是我要坐……"的眼神看了看大妈，可是，大妈的视线比我的更快，她的眼中显出"怎么样"的神情。我只好退避三舍了。

离开那个坐位，我走到车厢的正中央，跟我一起来的助手正站在那里。她看到我，惊讶地问：

"哎呀，您没找到座儿吗?"

她看到我已经找到了坐位，以为我会稳稳地坐在那里，所以才放心地站在这里。我向她报告：

"大妈把我的座儿抢了!"

我一边这么说，一边想到："要说我的年纪，简直不止是个大妈了，也许还要老一些呢，真是很可笑啊!"大妈背朝着太阳，满足地坐着，列车载着她忠实地奔驰着。

我的母亲，我的哥哥

——记泽村贞子①和渥美清②

　　父亲和母亲的洁白的骨灰宛如细细的贝壳碎片，在昏暗的海水中一闪一闪地消失了。分不清哪些是父亲的，哪些是母亲的，许许多多的白色颗粒随着波浪上下起伏，互相追逐着，不一会儿就静静地沉了下去。突然，我想起了在非洲沙漠中看到的夜空。在黑沉沉的天空中，繁星闪烁着，仿佛是撒在天幕之上。父母在这一瞬间也成为了闪烁的繁星。

　　终于结束了。母亲长期以来的经纪人山崎洋子女士和我一起默默地扶着船舷，凝视着大海。

---

　　① 曾主演《雪国》、《西鹤一代女》等250多部电影。
　　② 因主演《寅次郎的故事》而闻名遐迩。

"妈妈，在爸爸去世之后的两年里，你几乎天天念叨着：'等我死后，和你爸爸的骨灰一起撒到相模海湾里去。'妈妈，就是这样吗？"

我们还向大海中撒进了各种颜色的花瓣。鲜艳的花瓣浮在水面上，无论是大片的花瓣，还是细小的花瓣的碎片，都漂浮在水上，而骨灰虽然是那么小的颗粒，却都沉到了海里，我不禁为骨灰的重量而感到惊诧。

山崎女士滴下泪来，说道：

"真是人生无常啊！"

真的是人生无常啊！为了能够和父亲正式结婚，母亲几乎赌上了自己的一生；而为了死后两个人能够永远在一起，母亲耗尽了最后的热忱。而这一切转眼间就结束了。我的手掌心里还沾着一点儿父母的骨灰，我向他们作了最后的告别：

"再见了！爸爸，妈妈！我爱你们。谢谢你们对我的爱。"

一阵清风吹来，父亲和母亲都离我而去了。

大家都做完了手中的事，望着眼前的大海。津川雅彦君大声说道：

"好了！贞子姐姐！这下可高兴了！"

泽村贞子女士实际上是雅彦君的阿姨，但雅彦君却一直称她为姐姐。

母亲的早已去世的弟弟加东大介先生的夫人真砂子女士也在这里。母亲非常疼爱弟弟大介。真砂子夫人虽然没有说出来，但一定会觉得丈夫等来了盼望已久的姐姐，丈夫的在天之灵一定会很高兴吧！雅彦君的女儿真由子一直在哭泣，在自己身边发生的死亡，一定使这个年仅 20 岁的女孩子感到了震动吧？雅彦君的经纪人土井女士尽心尽力地帮我们做了很多事情。

我拿过一副大望远镜，这是母亲的司机佐久间弘一君拿到船上来的。自从我认识母亲开始，一直到母亲从荧屏引退为止，佐久间君一直担任母亲的司机。这是母亲的望远镜，可以说这副望远镜是父亲去世以后，母亲所惟一添置的东西。母亲在朝着阳台的起居室里支了一个三角架，把望远镜放在上面，经常通过望远镜眺望大海。佐久间君把望远镜拿到船上来，是想要从海上找到母亲的窗子，看一看母亲眺望的到底是哪一片海面。

船虽然停下了，可是波浪还是使船一摇一摇的，望远镜中的景色也在晃动着。从海上寻找叶山那一带的建筑物很是困难。年轻的铃木惠姑娘自从母亲搬来叶山以后，就一直照料母亲的生活，这时她指着一座白色的楼，很确定地说："就是那个。"还有一位女佣蕗子在一年前母亲身体不适住院之后，为了不使阿惠姑娘一个人留在家里，她晚上一直过来陪着阿惠。这时候蕗子也说："那屋顶的样子，还有那窗，就是那个。"蕗子的丈夫相泽俊一君一直替母亲管理账目，他也说："没错，就是那里。"在公寓八楼的母亲的阳台上，窗子什么的都历历在目。我们让船停在撒骨灰的地方。船上的人除了开船的员工以外，就只有我们这几个了。

我用望远镜眺望母亲房间的窗户。母亲去世以后，不知为什么我一直没有落泪。我去了殡仪馆，也来撒了骨灰，却总是没有母亲已经不在了的感觉。可是当我用望远镜眺望母亲的窗子的时候，我的泪却涌了出来。这时候我才清楚地感到，母亲已经不在了，已经死了。

这两年以来，母亲一直盼望着这一刻。父亲去世两周年纪念之后仅一个月，母亲就和父亲携手沉入了大海。母亲和父亲都说过，自己喜欢在夕阳将落的时候，从海面上眺望那一轮巨大的红日渐渐西坠。我们是计算好时间才开始着手做这件事的，大家沉默地站在船头。红彤彤的夕阳仿佛说："已经结束了吗？那我可以落下去了。"匆匆地落下了海平面。这是母亲每天一定要看的巨大的红红的夕阳。太阳失去了母亲这样一个仰慕者。

泽村贞子，作为一名演员来说，她是我的前辈的前辈，我称这位让我觉得有点儿"怕"的人为"妈妈"已经有40年了。不知道她为什么会喜欢性格和她完全不同的我。人们都说她的丈夫大桥恭彦先生脾气古怪，可是他也不讨厌我，由着我叫他"爸爸"。过新年的时候他们带我去温泉，平时总是叫我到他们家去，品尝母亲做的拿手好菜。

在母亲漫长的演艺生涯中，父亲仅仅到母亲工作的地方去过一次，真可谓是空前绝后，就是两年前母亲来我的《彻子的小屋》节目做客的那一次。母亲80岁那年从演艺圈引退，但在此之后还在《彻子的小屋》节目中露过面。父亲来到节目中做客使母亲非常高兴，她说："到底是什么风把你吹来了，她爸？你这可是破天荒头一次啊！"父亲身材高大，非常英俊，有一个绰号是"大老爷"。在直播室中，父亲有点害羞地对我说："你一直不肯到叶山来，所以我来看看你。"这是我最后一次见父亲，仿佛父亲是来跟我告别的。不久之后，父亲无疾而终。

我听到父亲去世的消息，马上赶过去看望母亲。母亲足足瘦了一两圈，一直不住地哭泣着。

"他连一声再见都没有说，就这么走了。"

我一直以为母亲是个坚强的人。她的弟弟大介君去世的时候，虽然母亲流着泪说"优等生死了"，可是神色很是坚强。可是父亲去世之后，她好像一下子没有了支柱，拉着我的手不停地说着：

"你爸爸死了……"

母亲只有对我才用"你爸爸"这个称呼，对别人她一般是说"我丈夫"、"老爷"，或者是"大桥"。

那天晚上，我住在母亲那里，我的床和母亲的床挨着，这原来是父亲睡的床。躺下以后我们说了很多话。

早晨我醒来的时候，一睁开眼睛就发现母亲已经起来了。她背对着我，正对着一面小镜子梳妆。母亲穿着一件和式睡衣，正在梳着雪白的头发。那时候旁边并没有人在看，但母亲的动作非常温柔，非常妩媚，她微微侧着头，看上去甚至有点像女学生那样柔弱无力。我倚在床上默默地看着母亲。50年来，母亲一定都是这样悄悄地先起床，父亲也一定是这样静静地看着母亲梳妆吧，而从今以后，母亲却要伴着父亲的空床生活下去了。

吃早饭的时候，母亲说道：

"我和你说说话，就觉得有精神了。我想把和你爸爸生

163

活的这 50 年写下来。"

母亲和父亲相遇那年，正好是战争结束的时候，明年就是他们的金婚纪念了。父亲曾经提议把两个人相逢之后的这些年的经历写下来，由父亲写几页，接着母亲再写几页，这样轮换着，直到写完。父亲写完了第一段，但是没有继续下去，就溘然长逝。当我和母亲躺在床上说话的时候，母亲曾经表示自己无心一个人写回忆录。我劝母亲继续写下去，我说："等你以后见到爸爸的时候，如果爸爸问你'接着写下去了吗'，你怎么回答呢？就这么算了吗？"

另外，我一直觉得，很少有像父母那样无话不谈的夫妻。无论是关于什么话题，他们两个人都能谈论很多。他们会把报纸的每个角落都看遍，然后讨论起来，其中还包括体育版。看了什么电视节目也好，关于政治的事情也好，歌曲也好，赛马也好，他们真的是无话不谈。

"我和他的价值观一样，所以我们处得很好。"

确实，这一对夫妻给人这种感觉。另外，母亲也有意保持低调，注意提高父亲的威信。无论母亲给父亲创办的《电影艺术》杂志投入多少钱以帮助杂志运转，父亲从来不说"谢谢"，而且认为是自己的杂志办得好。父亲就是这样像老爷一样被尊崇着。

"如果他对我说'对不起'或者是'不好意思'之类的话，我就不会这么做了。我一直注意不要伤害你爸爸的自尊心，你爸爸也从来不会显得低声下气。他能够这样像老爷一样威风，我们才能够一直恩爱如初。是我自己愿意帮助你爸爸的事业的。"

妈妈从过去就一直对我这么说。

"如果我想像自己是在和你爸爸说话，那么我就会有很多东西可以写。"

母亲终于打算写下 50 年来两个人的故事。父亲去世后大概过了一年，也就是去年的 11 月份，母亲写完《暮年的伴侣——两个人走过的 50 年》，并且出版了。

今年 2 月 1 日，在《彻子的小屋》节目 21 周年纪念那一期上，母亲作为嘉宾出现在镜头前。母亲更加美丽了，她白发如雪，穿着一身灰白底上有黑色小花的和服，罩着黑色的短褂，戴着无框眼镜。母亲忍受着痛苦写完了这本书，也正因为如此，她才从在天国的父亲那里收到了一份意想不到的礼物。

有一天，母亲把稿纸用完了，她想父亲应该还有用剩的稿纸，于是就找出父亲的一打新稿纸。谁知在母亲不知道的时候，父亲写下了一些像日记一样的文章，如果不是因为这次意外，也许母亲就永远看不到这些文章。不过这种做法也确实是腼腆的父亲的一贯风格。

我在节目中朗读了父亲文章中的一部分。父亲本来就善于写作，但我觉得这才是他写得最好的文章。文章的题目是"告别的话"。

　　我从未想过自己会有这么幸福的晚年，能够和你相遇，两个人能走到一起共同生活。虽然我们也经历了许多辛苦的岁月，但我是幸福的。我想，你也是幸福的吧。今后，无论我们如何互相体贴互相照顾，我

我的母亲，我的哥哥

们最多还能有 10 年的时光吧?

"无论我们谁先走了,先走的那个人在天国里等待着,来生我们也一起度过,来生我们也这样无话不谈,一起吃美味佳肴,一起开开心心地生活吧。"

贞子最近老是说这样的话,她好像是记起了自己背诵过的台词,每次都说得一字不差。像今天这样平静的时刻,正像她所说的那样,不久就会结束的。两人中的一个将会失去生活下去的力量,不得不流着泪说:

"谢谢你照顾我这么长时间,我先走了,你要多保重啊!"

无论两个人怎样挣扎,怎样哭喊,那一天都是无可避免的。

而且,在举行葬礼的那天,心灵惟一的归宿——"来世"又是那么难以想像的缥缈虚空。我们只能相信在那一片虚空中,会有一个人在等着你,带着和今天一样的笑容,和今天一样的温柔眼神,穿着和今天一样的熟悉的衣服。

我并无意让别人看到这篇文章,当然我并不觉得只有自己才是一个好孩子,我生性愚钝,也没有多少学问,原本只是一个穷困潦倒的人。战后,我从身无分文的窘境中历尽辛苦,一直坚持到今天,都是因为我遇到了一个叫贞子的温柔而聪明的女人。在这个意义上,也许可以说,这是一个普通人遇到了意想不到的幸运,是一个幸运者的人生吧……谢谢你。

这是父亲第一次说"谢谢你"。在我朗读的时候,母亲虽然在流泪,但是看上去神采照人。当时完全想不到母亲会在半年之后去世。但在母亲去世后,我才从佐久间君那里得知,这次节目结束以后,他开车送母亲回叶山的路上,母亲曾经说过:"这回可算全部结束了。"佐久间君当时在心里想:"这可不是什么好兆头。"

在那以后,我由于联合国儿童基金会的工作去了波斯尼亚和黑塞哥维亚,后来又在日本全国各地巡回演出,很长时间没有见到母亲。当然,和往常一样,我总是从各个地方给母亲寄去明信片和可口的点心。

7月17日,母亲和很少的几个人为父亲做了两周年纪念。我结束戏剧之旅是在20日晚上,第二天一早,我就去了母亲家。意想不到的是,她拉着我的手说道:

"我非常喜欢你。"

母亲的声音还和往常一样清晰有力。"能见到你,妈妈真高兴。真的很高兴。"而且母亲又用力地说,"我希望你能过得幸福。但是你的亲人一个个都走了,你还是找一个好人做伴吧。无论别人怎么说你,那都无关紧要。你要坚持去做自己想做的事情。"

母亲这是第一次说到我的个人问题,也是第一次说出涉及我的生活的话。

"妈妈,我一定会找到一个合适的人的。"

"那就好。"

我们相视而笑。午饭是我们一起在起居室里吃的,母亲给我准备的是上等的寿司,而自己吃的是汤类的流食。

我的母亲,我的哥哥

"好久没见你了。你好不容易能来一趟。我坐起来吃吧。"

母亲躺着的时候，我还没有发现，原来她脸色蜡黄，不知道是哪里出了问题。母亲不肯去医院，因为血管太细，打点滴也无法把针扎进去。而且母亲说自己已经不需要了。当然她也拒绝吸氧。山崎女士悄悄对我说：

"她说不去医院，就这样在家里等着去和丈夫相见。"

这天妈妈一边吃饭，一边不停地说一些过去拍电影时的趣事，还有自己被叫做"知识型女演员"、被人捉弄等可笑的故事。

母亲在用汤匙吃着什么。在此之前我就发现了一件事，那就是曾经写过《我的美食日记》的母亲，过去是那么喜欢做饭，而且手艺高明，但自从父亲死后，她就再也没有做过饭。别人做好了饭端过来，她几乎看也不看就往嘴里送。"母亲是为了父亲才做饭的。"从这件事上，我也明白了母亲是多么的爱父亲，失去了父亲，这个世界对于她又是多么没有意义。

这是母亲的最后一顿饭了。从那天开始，直到母亲去世，在三个半星期的时间里，母亲只是靠水和营养液维持着生命。

从这天开始，我一有空就去母亲家。我们也并不做什么，我只是在母亲的床边读读报纸，和母亲说说话，握着她的手。

"我得早点去见你爸爸，他在等着我呢。"

这句话成了躺在床上的母亲的口头禅。有一天我向母

亲报告说:

"妈妈,我们成立了一个'请爸爸等待的委员会',我是会长,雅彦君是副会长。"

母亲听了莞尔一笑:

"是吗?那就让你爸爸多等一会儿吧!"

我在看报纸的时候,以为母亲睡着了,没想到她突然说道:

"有一次在拍电影的地方,我正在看报纸,喇叭里突然传出一句话:'泽村贞子正在看报纸的社论呢。'他们真能嘲弄人。看报纸不都是从社论开始看起的吗?"

我答道:

"妈妈,即使是现在的女演员,也很少有人会去看社论啊。"

这种时候,母亲从来不会说半句像"现在真是个好时候啊,不会有人这么说你"之类的牢骚话,这也是我特别喜欢母亲的地方。第二天,母亲对我说:

"哎,你爸爸的那篇文章,就是那篇说'谢谢你'的文章,我经常起来读它。"

尽管母亲一直说自己不想要父亲说"谢谢你",甚至如果父亲这么说了,她还会感到为难,但是父亲的那句"谢谢你",还是使母亲从心底感到幸福。看到这一点,我也非常开心,"爸爸,谢谢你为母亲写下了这句话。"

母亲去世以后,我在存放父亲骨灰的柜子里的一个抽屉中看到了那篇文章。父亲的字本来写得相当好,可是他写这篇文章的时候似乎非常着急,字是用铅笔写的,而且

我的母亲,我的哥哥

颇为潦草。可是，即使是非常淡的铅笔字，写的也是能够使母亲由衷地感到快乐的话。这些稿子后来放进了母亲的棺木之中。

8月7日，我一早就去了母亲那里，母亲一见我就说：

"真漂亮啊！"

我说：

"因为我化过妆了啊。"

"嗯，真的。不管到什么时候都要漂漂亮亮的啊！"

母亲说着，一边摩挲着我的手。母亲才是真正的漂亮，她的脸、脖颈，尤其是手上的肌肤简直没有一点斑痕，没有一点皱纹。

我说：

"100 元的化妆品真不错啊！"

母亲答道：

"已经涨到 200 元了啊！"

说完，母亲好像觉得很好玩，笑了起来。那真是非常安宁的日子。

这时候，阿惠过来说有我的电话。当我在母亲这儿的时候，我的事务所都尽量不给我打电话。我在厨房接了电话，原来是山田洋次导演打来的。山田先生的声音不像往常那样沉着，只听他说道：

"渥美君去世了！他在四天前就去世了，不过一切都是他的家人操办的，我也是刚刚得知这个消息。我们会发布讣告，不过我想至少要先告诉你，你们可是多年的好友啊！"

我一句话也说不出来。

"哥哥死了?!"

自从我进入电视圈，渥美清就成了我的好哥哥。和渥美清哥哥走在一起的时候，他会突然说"给你买点什么吧"，会给我买鞋子，买漂亮的盒子，还有很多别的东西。我没有亲哥哥，所以感到特别高兴。那时候大家都没有钱，我们一起去吃中国菜，上来一盘虾的时候，我说："一人吃三个!"我作为昭和初期出生的那一代人，由于经历过那段悲伤的往事，会立刻想到要求平等的待遇。这时候渥美清哥哥说："等我有钱了，一定让你吃个够，用不着算计有几个虾!"有一阵子媒体上风传哥哥和我的一些谣言，哥哥眼睛里满含着笑，对我说道：

"哎，姑娘！（自从我和渥美哥哥相识，不管我年纪有多大了，他一直叫我'姑娘'。）你想像一下咱们两个结了婚，生了孩子。孩子的脸长得像我，声音和能说会道又像你，那咱们只能送他去当演员了吧?"

哥哥由于饰演寅次郎而成名，后来他有了孩子，是一儿一女。从那以后，哥哥就把自己的工作和家庭生活完全分开了。想想如果孩子们上小学的时候就被叫做"寅次郎的孩子"，那真是太可怕了，让人不由地担心。哥哥希望孩子们能够像普通孩子一样自由自在、无忧无虑地生活。可以想像出哥哥为此费了多少苦心。可是即使这样，哥哥还是经常问孩子们："有没有因为爸爸而让你们受委屈?"孩子们说："没觉得受什么委屈。"他还要问妻子："孩子们那么说，是不是因为他们不想让父母伤心?"即使妻子说：

"他们真的没有受委屈。"哥哥还是会说："是吗?"仍旧难以完全放心。哥哥真是一个体贴、热爱家人的人。

我曾经问过哥哥,他要么忙着拍摄外景,要么得在"大船"拍片,经常不着家,那怎么来和孩子们交流呢?哥哥的回答却令我感到匪夷所思:

"我回到家里,一定在大门口拥抱我妻子。孩子们看到这个样子就会觉得放心了。"

在大门口拥抱妻子?真像是外国人一样!过了很久,我又一次问哥哥道:

"你现在还拥抱吗?"

"啊,还拥抱啊。"

"孩子们是什么样子呢?"

"他们有些害羞。"

最近,我又问哥哥:

"还拥抱吗?"

"嗯。"

"孩子们呢?"

"他们都长大了,脸上显出一副不以为然的样子,回自己房间去了。"

真是一幅温馨家庭的景象啊!

在哥哥拍摄寅次郎系列的倒数第二集,也就是第 47 集的时候,我突然想到自己还没有见过哥哥拍片时的样子。于是我和山田洋次导演联系了一下,想着自己无论如何也要去看看,终于在拍丸子师傅的那一幕时,我去了"大船"的拍摄现场。哥哥穿着宽袖棉袍,头上缠着毛巾,一副丸子师傅的打扮在那里等着我。只要没有他的镜头的时候，哥哥就会立刻走到在暗处观看的我的身边来，我们还像过去那样悄悄地说笑着。那真是快乐的一天。

几天后我收到山田洋次导演的一封信：

"非常感谢你。渥美君也非常高兴。这里的年轻工作人员都说，他们还是第一次看到渥美君在拍片之外露出笑容。他们吃惊地说：'他竟然笑了。'"

第一次看到哥哥笑？我不禁十分惊讶。到底发生了什么事？

但直到最后，我也不知道哥哥患了那么严重的病。哥哥对所有的人都隐瞒了自己的病情，这其中肯定有很多原因，不过我从哥哥曾经对我说过的一番话中也能够揣摩出一二。

那还是在浅草演戏的时候，当时哥哥的表演能够引得整个剧院欢声雷动，可是有一次观众却突然不笑了。

哥哥不禁非常焦虑，"演出和原来一样，为什么观众就不笑了呢？"后来哥哥告诉我，原来是大家知道了他患了结核病的消息，"即使演出的内容和过去一样，但我的身体不健康，观众就能敏锐地感觉出来，所以他们不笑了。没有比这更悲惨的事了。"

哥哥瞒住他生病的事情，把所有的精力都倾注于寅次郎这个角色之中。在外景拍摄地，影迷们冲着他大喊"寅次郎"，可他毫无反应地坐上汽车。这也是因为他不想再重复那次悲惨的经历吧。即使是很少的一点精力，他也不愿意浪费掉。只要寅次郎在电影中对人们露出神采奕奕的笑容就可以了。

哥哥，你瞒得真好啊！大家都被你骗了，包括我在内。哥哥在他最后一次住院之前，最后一次在我的电话中留言：

"姑娘，你还好吧？我已经不行了。姑娘,你要多保重！"

哥哥的声音有些嘶哑，我一点也没觉得这像是最后的声音，我以为他是在开玩笑。

山田先生在电话中最后说道：

"要说渥美君还有什么希望的话，那就是他说过还想再拍一集《寅次郎的故事》，我们都把外景地选好了。渥美君确实是怀着希望的。"

我站在厨房里，如果母亲身体还好的话，我会把这件事告诉母亲。她一定会用她特有的方式来安慰我吧，因为哥哥也经常和母亲一起工作。

"哥哥，母亲很快就要死了。我怎么办才好呢？"

再没有比这更痛苦的事了。我默默地回到了母亲的床头，母亲也许睡着了，也许在闭目养神。母亲说要去见父亲了，她现在心里到底是怎么想的呢？要知道母亲并不相信宗教，而是一贯有着科学的态度。

过了一会儿，我和母亲的眼神相遇了。我问母亲：

"哎，爸爸真的在等着你吗？妈妈真的能再见到爸爸吗？"

妈妈用惯有的满是确信的口气说道：

"当然啊！他在等着我。"

突然，我的泪水扑簌簌地落了下来。我看着母亲的脸，一边哭泣着。母亲伸出两手替我擦着眼泪。我久久地哭泣着，母亲也一直不停地为我擦着眼泪。母亲也许很清楚我为什么要哭。就算我自己都不清楚我为什么要哭，但母亲是知道的。所以她一直微笑着替我擦着眼泪。

母亲一天天地衰弱下去。我还是第一次看到人会这样不接受任何治疗，自己决定要死去，一点儿也不害怕，一点儿也不苦闷，一点儿也不说哪里不舒服，就这样静静地等待着生命结束。记得母亲上一次来到《彻子的小屋》节目做客的时候，最后她说了这样一句话："人只要努力过了，就没有什么可以后悔的。因为他已经做了自己能够做的事情，所以不会有留恋，也不会有后悔，什么都不会有，就这样干脆地结束了。"望着母亲熟睡的脸，我好几次想起这句话来。母亲曾经反复说："我真是很幸福。大家这么帮助我，我非常感激。"在母亲身边的山崎、佐久间、相泽、阿惠、蕗子这五个人和真砂子夫人真的是齐心协力，24小时守着母亲，为了能够让母亲少一些痛苦而不遗余力。

由于母亲执意要自己起来去厕所，所以每到那个时候，不光是阿惠和蕗子要照顾母亲，连佐久间君也会帮忙扶着母亲。大家都说，夫人去了先生那里以后，一定是想对先生说："我没有让他们照顾我这些事儿。"直到母亲去世前两三天，她还自己坐起来去床边的那个椅子式的厕所，我只能说这实在是太了不起了。"我是江户城里出生的孩子，是小户人家的女儿。"这是母亲的一句台词，很遗憾我没有听母亲说过。但是，我已经充分地感受到了母亲的那种坚强。后来，当母亲艰难地用手扶着从床上下来的时候，我们就知道她是要去厕所。

渐渐地，母亲的眼睛无法完全睁开了。她眯着眼睛看

我的母亲，我的哥哥

175

着大家，微笑着握着大家的手。偶尔，母亲会用微弱的声音说："我很努力吧。"那一天晚上，我正握着母亲的手，突然母亲开始痉挛，我直起身，打算去叫蕗子，因为蕗子原来曾是个护士。那一刻，我深深地意识到母亲真是一个非常善良的人。她知道我很惊慌，尽管自己还在不停地痉挛，但却抚摸着我的脸，抱着我的肩膀，示意我不要担心。那时，雅彦君也来到了这里，他说："这时候更感觉到贞子姐姐真是非常善良。"每天都来诊视母亲的医生为母亲作了检查，原来是因为发烧而引起的痉挛，并无大碍，大家这才放下心来。

最后见母亲的那一天，母亲努力睁开眼睛，注视着我，吃力地抬起左臂抱住我，静静地拍着我的肩膀："好了，已经可以了，你也很忙，我们就此告别吧！要多保重啊！我要去你爸爸那里了，真是谢谢你。"母亲确实在表达这个意思，也许善良的母亲不愿意让我看到她最后的时刻。

四天之后，母亲去世了。那是 8 月 16 日，再过一个多小时，就到 17 日了，那正是父亲的忌日。母亲享年 87 岁。母亲的遗容比她活着的时候还要端正、优雅、美丽，而且看上去十分满足，让我不得不相信"母亲真的是见到父亲了"，所以她才会如此幸福而安详。

这 40 年来，每逢我去国外的时候，无论要费多少周折，一定会寄出两张明信片。一张是给母亲的，一张是给哥哥的。今年秋天，我因为工作去了一次纽约，在卖明信片的店前我站住了。我咬着自己的嘴唇，呆了半晌。

真正的幸福是什么

黄色的花束

　　我来到了科索沃。这个每天在电视新闻中看到的地方，一旦真的身临其境，感觉很不可思议。我还去了它邻近的阿尔巴尼亚和马其顿。

　　我成为联合国儿童基金会的亲善大使已经 16 年了，这期间我去过各种各样的国家。那都是些孩子们需要帮助的地方。科索沃的正式名称是南斯拉夫联邦塞尔维亚共和国科索沃自治省。那里的城镇给人的印象是一片狼藉。

　　现在，科索沃严重的问题是到处布满了地雷。地雷问题并不是这里独有的问题，迄今为止，在我去过的发生内战的地区，都必定存在着这个问题。在科索沃也是这样，由于不知道什么地方会藏有地雷，很多人被炸死炸伤。尤其是孩子们，到处跑来跳去，死伤惨重，真是非常可怜。联合国儿童基金会和学校首先要教给孩子们的就是防范地雷。最为卑劣的是，有些地雷用可乐罐和果汁罐做伪装。孩子们见了想喝，一拉开拉环，地雷就爆炸了。所以，老师先给孩子们看可乐罐，问道："如果在田地里发现这个，应该怎么办？这种东西本来不应该出现在田地里的啊！"

被叫到回答问题的孩子答道：

"去告诉妈妈。"

接着，老师又举起一个果汁罐来，问道：

"那么，这个呢？这是盛果汁的罐子。"

一个小姑娘问老师：

"是什么果汁呀？"

"是橘子汁。应该怎么办？"

这孩子想了想，说道：

"嗯——如果是橘子汁的话，我就走到边上看一看。"

看到这一幕，我不由得心中刺痛。那个孩子一定是很喜欢橘子汁。可她会怎样看到底是不是橘子汁呢？最终她只能是拉开拉环看看，那样这孩子就可能会被炸死或者炸成重伤。老师慌忙说道：

"那可不行！绝对不行！橘子汁的罐子不可能出现在田地里，所以这就是地雷。千万不能走过去！"

据说，光是在科索沃就有百万颗地雷。以后孩子们该怎样在这里生活下去呢？

战时，我曾经在路上捡过一张约有 5 厘米宽、细长的漂亮银纸。那时候已经根本见不到这么漂亮的东西了，好多银纸从天上翩翩地飘落下来，落在路上。其中有些还是成束的，有些还打着漂亮的卷儿，飘了下来。这些银纸没有任何味道。我珍重地拾了一张带回家，把它收在我盛手工用的花纸的盒子里。我常常悄悄地拿出这张银纸，把它放在阳光下，银纸就闪闪发光，美得令人目眩。直到近年我才知道，那些银纸是美国的 B29 战斗机为了干扰日本的电波而从空中撒下来的。当时我们不懂这些，在那个一切都匮乏的年代，没有什么好玩的，突然见到这么多闪闪发光的银纸，便把它当做宝贝。幸运的是，那些银纸拿在手里并没有什么害处。如果那是攻击小孩子的东西，我们一定早就死了。要想杀死小孩子，实在是太容易了，因为孩子们还不知道怀疑。几年前，有人把炸弹藏在布娃娃中，小孩子抱布娃娃的时候被炸死了。当我听到这个消息后，不禁目瞪口呆。他们竟然能做出这种事来！那些知道孩子喜欢布娃娃、会来抱它而把炸弹暗藏进去的人啊！别人告诉我，这么做是出于仇恨。

　　科索沃 63%的小学和中学已经被破坏掉了，据说理由是不想让他们学习。幸存下来的校舍也没有窗玻璃，只有很少的桌椅。可即便如此，孩子们还是干劲十足地学习着。因为教室不足，孩子们分成三组轮流上课。有一个男孩子弄错了时间，一个人早早地来到了学校，没办法只好呆呆地坐在那里。我坐到他的旁边，安慰他道：

　　"嗯，因为和以前的时间安排不一样了，弄错了也是难怪的。"

　　男孩子大概是四年级学生吧，他看了看我，微微地笑了一下。巴尔干半岛的孩子们都长着非常可爱的脸蛋。如果人家问："是什么样的脸蛋？"我已经想出了一个立刻答

黄色的花束

181

出来的方法。那就是，不管在哪个国家，演木偶剧的时候，娃娃木偶的脸蛋大都是圆嘟嘟的，圆圆的鼻头，大大的蓝眼睛，金色的头发。脸上没有尖的地方，给人的感觉就是圆乎乎的。只要想像一下木偶剧中的娃娃，就知道科索沃的孩子们长得是什么样子了。可是这些可爱的娃娃们耳边回荡的却是战争中家园被毁的声音。他们还看到了炸弹从天而降，天空被烧成一片焦红。他们四处奔逃，成为难民，现在才总算又回到了家乡。

可是，那些和父母失散了的孩子们又怎么办呢？在他们背井离乡的时候，在车站，大人和孩子分别进了不同的火车，火车向着完全相反的方向驶去。那些孩子们该怎么办呢？这些小孩子完全不知道发生了什么事，完全不知道自己要去哪里，最后到了拥挤的难民营中。那些孩子们啊！

我还见了许多因无法回到科索沃而滞留在马其顿的难民营中的孩子。其中有一个 5 岁的小女孩，父母已经被杀害了，她在科索沃已是无家可归，可是她自己并不知道这些，仍然天真地唱着歌欢迎我。那是多么纯洁、清澈的声音啊！

我离开科索沃的那一天，有汽车从科索沃首府普里什蒂纳的联合国儿童基金会事务所过来接我，我刚要上车的时候，一个大约上小学三年级的小姑娘送了我一小束黄色的鲜花，向我鞠了一个躬。不知道她在哪里找到的鲜花，也许是路边开放着的小花吧。也许她是听别人说我是为了孩子们而工作的人吧。我抱起那个孩子，亲吻了她的脸颊。这时，在这孩子身后的一个年纪相仿的小姑娘小心翼翼地问我："你有没有带巧克力？"送给我花束的孩子一听，猛地转回头去，朝那个孩子做了个手势，好像是责备她"怎么说这种蠢话"。正像我们刚停战的时候那样，到那时孩子们才知道了还有口香糖、巧克力这样的好东西。被同伴责备"说蠢话"的小姑娘，羞愧地低下了头。我抱住她，用日语说道：

"没关系！我过去也像你一样，想要这些东西。真可怜，这不是你们小孩子的错啊！"

车子开动了，尘土飞扬之中，孩子们一边跑一边挥着手。我也挥着手。孩子们一边挥手一边追在车后面奔跑的情景，我已经看了有几十遍、几百遍了吧？在非洲，在亚洲，在中东和近东地区。

我不停地挥着手，有好几次几乎无法抑止泪水的滑落。这些孩子们是无辜的，可是却遭受这样的苦难，然而即便如此，孩子们依然毫无怨言地朝我们挥着手。

我小的时候，自己还什么都不懂。那时候，如果去自由之丘车站挥着国旗送别上前线的士兵，就能够得到一根烤鱿鱼腿。我很想要那根烤鱿鱼，一有时间就去车站挥舞着国旗。当时已经轻易吃不到鱿鱼了，我不知道自己在干什么，而仅仅是由于想吃鱿鱼。每当想到这些，我就会感到深深的不安，这已经成了我心底的伤痕。每当我看到孩子们挥手的时候，就会想："千万不能辜负这些天真烂漫的孩子啊！"我把小姑娘送给我的黄色花朵夹在了笔记本中，做成了干花，作为对科索沃的纪念。

让孩子幸福一点吧！

最近我去了非洲的利比里亚。

人们对利比里亚的了解有限。有的也就是不知从哪里偶然听到的"利比里亚船籍"这句话了。好几个人听说我要去利比里亚，都说道："是去利比亚啊？那可不容易啊！"或者"哦？是去利比埃？"其实，用来制造"布利吉斯顿"的"菲尔斯顿"轮胎的橡胶就是由利比里亚的一个号称世界最大的橡胶工厂生产出来的。这样说，也许大家就能够对利比里亚这个国家产生一点印象。那么这个国家在哪儿呢？原来它在最难分辨的、杂乱地分布着许多国家的非洲西海岸。

从非洲来的塞恩科恩君曾经对我说，当他对日本人说"我从非洲来"的时候，许多人问他"非洲的首都在哪里"，着实让他很难回答。如果他告诉对方：

"没有什么非洲的首都。非洲有53个国家，我是从一个叫做几内亚的国家来的。"

这时候，又会有很多人大吃一惊：

"啊？非洲有53个国家啊？哇！太让人吃惊了……"

人们甚至惊讶地忘了问问几内亚在哪里。

的确，不知道的东西实在是太多了。即便是住在非洲的人，也并不是都能知道非洲的动物。塞恩科恩君就是来到日本以后，去了动物园，才第一次看到了斑马和长颈鹿。看过以后，他说："真是大吃一惊，竟有这么奇怪的动物。"

再说利比里亚的位置，如果说西非的这块区域是杂乱的，那未免太不礼貌了，但是那里确实显得杂乱无章。利比里亚的东边，看地图的话则是利比里亚的右边，是一个叫做"科特迪瓦"的国家；地图的上方也就是北面，是塞恩科恩君的故乡几内亚；左邻是塞拉里昂；南临大西洋。总之，如果画非洲地图的话，这一块区域应该是最难画的吧！那么我为什么要去这个国家呢？这是因为在这个国家中，内战持续了长达7年半，内战期间全国250万人中，包括儿童共有25万人死去，有120万至150万人成为国内难民，流亡国外的难民有74万人。这意味着全国人口有九成死亡或成为了难民，整个国家几乎遭到了毁灭性的灾难。至于一定要联合国儿童基金会去视察的原因，是这个国家存在着童子军。尤其在内战期间，很多6~12岁的儿童被强征为士兵，这一点是我去利比里亚的最大原因。内战已经结束3年了，可是利比里亚这个国家却还没有恢复过来，情形反而越来越糟糕了。我从日本出发，路上转机换车，花了两天半的时间，终于到达了利比里亚的首都蒙罗维亚。

大略看一看蒙罗维亚街头的景象，房屋凋敝，任凭烟熏火燎，完全是一幅贫民窟的景象。走在路上的儿童也都瘦弱脏污，衣衫褴褛，和难民营中的孩子没有什么区别。这就是180年前，得到全世界拍手赞扬的那个国家吗？这就是作为一个自由国家，在非洲第一个独立的黑人国家吗？

我就这样开始了作为联合国儿童基金会亲善大使的第17年的旅途。

友谊树

对利比里亚有所了解的人大概知道，这个国家诞生于1812年，那时候，原来在美国的黑人，即"解放奴隶"回到非洲，建立了这个国家。我小时候读过《汤姆叔叔的小屋》，那时候就知道奴隶制度非常不好，它把非洲人抓到美国，买卖人口赚钱，同时也觉得奴隶非常可怜。肯定很多孩子都这么想。所以我能够理解，获得自由的奴隶心中会是多么狂喜啊！当时美国政府支持他们回到自己的故乡非洲，让他们建立自己的自由国家，所以根据"自由"这个词，将新国家命名为"利比里亚"。那时约有3万名"解放奴隶"被送回非洲，可是由于疟疾、霍乱以及其他疾病，半数的人死在了途中，其余的人历尽辛苦，总算回到了非洲。

船最初靠岸的地方的遗址，现在还留存在蒙罗维亚的

让孩子幸福一点吧！

街上。那是一个叫做"普罗毕特斯岛"的一个小岛，因为有桥梁把小岛和街区连接起来，坐车经过的时候觉察不出那是一个岛屿。但那里有一个海湾，船可以从大西洋驶进来。第一批到达这里的"解放奴隶"们，满怀着获得自由的喜悦和激动，看到这幅平静怡人的图景，一定落下了欣喜的泪水吧？现在那个岛屿成为了公园，内战爆发之前，那里有儿童剧院、郊游用的小亭子以及餐馆等。星期天的时候，那里洋溢着孩子们的欢声笑语。可是这一切现在已经全部被破坏掉了，只能看到一些建筑物的残骸。

但是，还有惟一的一样当时的东西留了下来。可是即便这一样东西，如果不是那里的负责人———一位中年的大叔告诉我们它的来龙去脉，它肯定也不会为人所知。这就是在靠近公园角落的地方，有一棵巨树。巨树高大伟岸，树身大约要6个人伸展双臂，才能勉强合抱过来。大叔告诉我们这是一棵木棉树。粗大的树根分成几股，有力地深深扎入泥土中，巨大的枝条上树叶繁密，替人们遮挡住灼热的阳光。这棵大树被称为"友谊树"。这一名字的由来是，当年第一次来到这个岛上的"解放奴隶"和这里的土著居民就在这棵大树下紧紧地握手，决定"我们一起努力，建立一个美好的国家"，所以这棵大树就被命名为"友谊树"。这是多么美好的一段故事啊！获得了自由、来到了故乡大陆的"解放奴隶"们，当年一定是由衷地怀着美好的愿望，和这里的土著居民握手言欢的吧！

可是，不久之后，在美利坚的文明之中成长起来的"解放奴隶"们和一直生长在这片土地上的土著居民之间渐渐产生了各种摩擦。"解放奴隶"中，有的人是黑人和白人的混血儿，他们中间有一种想法就是"还是白种人好"。他们过去曾经是奴隶，但后来他们自己也开始奴役别人了。少数"解放奴隶"成了统治阶级，开始了黑种人的黑人殖民地统治。在长达100余年的由"解放奴隶"统治的时期之后，武装政变频繁，叛乱、虐杀、不加区分的屠杀几番重演，终于引发了那场长达7年之久的内战。

具有讽刺意味的是，利比里亚于1847年独立，在独立第150周年之际内战结束，所以有人说内战是这150年间各种矛盾的总爆发。这个国家诞生于人们在这个阳光灿烂、树木青翠的美丽岛屿上的友好握手，但谁能料到后来的种种变故呢？不过，仔细观察一下这棵友谊树，就会发现在这棵巨树的树干上，到处长着大而尖锐的刺，那些刺有玫瑰刺的五倍大。要是一不留神碰上去的话可不得了。我不由地感到，这些刺似乎就是这个国家的象征。

水力发电站的水闸

利比里亚的孩子们几乎喝不到干净的水。这一是因为内战破坏了供水设施，一是因为火力发电站也遭到破坏，几乎不能使用了。没有电力，就无法净化河水，也无法运送河水，于是就造成了没有干净的饮用水的现状。我最先去的那个街区的发电站，最早的机械是在1962年设置的，其后增加了发电机，国际红十字会也帮助进行机械的维修。但后来在内战中发电站被破坏了，而且也像战后的日本一样，铁、铝、铜等金属被盗，结果几乎无法发挥什么功能。

技术人员悲伤地对我说："什么也做不了。"水力发电站则更加悲惨。距离蒙罗维亚40公里处有一个大水力发电站，可是它只剩下了一座外壳，里面则是空空如也。现在这座发电站就孤零零地处在巨大的森德勒尔河上。过去它能够提供足够蒙罗维亚市全部居民使用的电力，可是在1990年，战斗变得越来越激烈，大坝的管理者终于不得不逃难去了。那时候他们一定极为慌忙，四个大水闸还关闭着，人们就匆匆地逃走了。于是可怕的事情发生了，河水很快漫过了堤坝，发电站的设施被吞没在滚滚浊流之中，涡轮机和各种机械都被损坏了。

那之后，发电站又被破坏，有用的金属被小偷偷走，最后这座水力发电站只剩下了一个空壳，已经完全不能使用了。原本在河边净水站将水净化，然后运送到城区的饮用水，由于发电站被毁，再也无法净化和运输了。无奈之下，现在只好在一些地方挖井取水，用卡车把井水运到城中的储水站。但即便如此，能喝上干净水的孩子的数量还是极为有限。由于下水道处理设施也被破坏，现在到处污水横溢，即便是为了预防传染病，也有必要建立净水设施。大街上几乎是一片漆黑，使用自家发电的电灯发出昏暗的光。

我住在一位女士家中，她是联合国儿童基金会的利比里亚代表，她的家在联合国工作人员的住宅区内。可是晚上总是停电。房间里安装了空调，可是由于电压太低，空调无法使用。想要洗洗脸，可是晚上既没有凉水，也没有热水。但是时不时会降下大雨，如果能够为孩子们把雨水储存起来就好了！可是那雨水在池塘等地方积存起来，便成了这个疟疾多发的国家的蚊虫滋生之处。

我在利比里亚期间自不必说，甚至回到日本以后，还要连续服用两个月治疗疟疾的药。疟疾就是这么可怕。孩子们生的最多的病就是疟疾。相形之下，人们能够平安生活的地方真如天堂一般。

讨厌查尔斯·泰勒也没关系！

因为总统表示想要见见我，我就去拜会了他。在此之前我还会见了外务大臣。如今的这位总统是在 10 年前发动武装政变推翻了前总统，于 1997 年被选举为总统的。总统的名字是查尔斯·泰勒，他是在美国接受的教育。据说 7 年半的内战就是由他挑起的。总之，如果说起这个国家的政治来，实在是极为麻烦，我就不多说了。而且，因为我应该总是站在人道主义的立场上，不便说人的坏话。不过这位总统在国际上的评价确实很差。

利比里亚这个国家有钻石可以开采。它的邻国、内战不息的塞拉里昂也有钻石可以开采。国际上批评利比里亚总统帮助塞拉里昂的反政府武装进行钻石和武器的秘密交易，煽动塞拉里昂内战。利比里亚因此遭受到经济制裁，短期内难以期望国际社会的经济援助，所以这个国家的形势越来越糟糕。这就是迄今为止的总统评价很差的来龙去脉。总统和我谈了一会儿，然后邀请和我同行的朝日电视

台的工作人员，摄影家田沼武能先生，朝日、每日、共同通信等媒体的记者们进入总统室，并说可以向他提问。大家提出了钻石问题、武器问题等一系列很尖锐的问题，但总统并没有发怒，对每一件都礼貌地回答"那不是事实"。这一态度和外务大臣是一致的。总统对我说了如下的话：

"有人说讨厌查尔斯·泰勒，我并不在乎，我是由国民选举出来的总统，在全国民众中我的支持率达到了80%，即便如此，还是有人讨厌我。但是我的人民尤其是孩子们是无辜的。关于塞拉里昂的内战，有关解除武装的进程正在进行之中，我想不久内战就会结束的。我和塞拉里昂的总统每周通两次电话，关系很好，请不要担心。我希望我国的孩子们能够得到援助，现在国内的情况比内战的时候更加恶化了，很多孩子处于饥饿之中，国家也处在近乎毁灭的状态中。我希望能让孩子们接受教育（这个国家的识字率是20%）。孩子们关系到国家的生死存亡。希望不要因为对我泰勒个人的好恶而切断对孩子们的援助。"

据联合国儿童基金会的代表说，总统这么坦率地讲话实属罕见。

最后我问道：

"总统先生，您爱这个国家的孩子们吗？"

总统不容置疑地答道：

"我从心里爱他们。"

看上去总统似乎的确是真心为了孩子们而担忧。

童子军

"我第一次拿枪的时候觉得很高兴。"

我面前的男孩低着头对我说道。这个矮小的男孩在 10 岁到 13 岁这 3 年中当过童子军。

"是有人命令你去当兵的？还是你自己愿意的？"

听我这问，他抬起头来，清楚地答道：

"是我自己愿意的。"

"为什么？"

"我的朋友们都说要去当兵，而且我自己也想去打仗。"

"你打中过人吗？"

"打中过，我参加了枪战。"

"你开枪的时候是什么感觉呢？"

"觉得很高兴。"

"你看到人流血死去的时候是怎么想的呢？"

"我想着'打中了'，非常高兴。"

"大人们跟你说好了要给你钱吗？"

"他们说了要给钱，但是没给。不过比起挣钱来，我还是更喜欢打仗。"

"你觉得自己做的这些事对吗？"

"是的。"

"如果现在给你枪，你还会朝人开枪吗？"

我自己也不喜欢这样去追问一个少年，因为这个孩子当时只有 10 岁。但是我必须得知道童子军是出于什么考

让孩子幸福一点吧！

虑，而且是在什么状况下参加内战的。少年黝黑的脸上渗出了汗水，他低声答道：

"我不会再开枪了。"

听了这段对话，也许大家会觉得这是一个多么凶残的孩子啊。可是这个孩子是被大人们怂恿着当了士兵。现在战争结束了，这个孩子被他的敌对方称为凶手，连他的住在偏僻乡村里的父母也因为是童子军的父母而被周围的人冷眼相看。

因为战争，这个孩子生活无着，无处可去，现在住在1992年一位美国传教士为孩子们建造的"康复之家"里。很多成为战争牺牲品的孩子，以及曾经当过童子军的孩子，都被从草丛里找出来带到这里，希望能使他们回归社会。在这里也对孩子们进行心理治疗。我望着眼前的少年，他虽然身材矮小，但据说已经17岁了，那个孩子一定在想："为什么我做的这些事不对呢？我一直以为这是正确的，我到底做了些什么呢？"可是现在谁也不会对他负起责任。我拼命地忍住眼泪。这个孩子使我想起了日本特攻队的那些年轻人，以及争相赴死的那些志愿兵们。我的眼前还浮现出一位演员的面孔，他曾经当过特攻队队员，虽然没有战死，但一生都在扭曲中度过，直到郁郁地死去。在他有生之年，愧疚一直烦扰着他，却没有一个人会为他心灵上的伤痕承担责任。

"现在有人冲着你扔石头，有人骂你，你是怎么想的？"

曾经当过童子军的这位利比里亚少年悲哀地答道：

"这没办法啊！因为是战争嘛。"

一个最近刚刚遭到强暴的 11 岁的女孩子，一个人沉浸在悲哀之中，她也被带到这里来了。童子军中也有女孩，但是这个女孩子实在太小了，一副战战兢兢的样子，真是太可怜了，我实在无法开口问她任何问题。

接下来进屋的是一个 16 岁的瘦弱少年，这个孩子的胳膊肘以下都断掉了。他是在敌人进村的时候被征为民兵的，那时他 13 岁，双方使用的武器都是斧头。

"我的胳膊是被斧头砍掉的。"

"你现在还恨砍掉你胳膊的人吗？"

听了我的问题，失去两只手臂的少年平静地答道：

"我不恨他们。来这里以后我学会了宽恕。而且那是因为战争。"

这个孩子的父母还活着，但是他们对失去了手臂的孩子说："你不要再回家了。"所以他也是无家可归了。这个少年说：

"不过，如果我能安上好用的假手，那我就可以回家了。我也能去上学了。什么样的工作我都能做。"

这个机构设在一个远离人烟的安静地方，汽车从首都蒙罗维亚出发，沿着一条崎岖颠簸的道路行驶两个半到三个小时才能到达。为了使受到伤害的孩子们的心灵也能得到抚慰，还是这样的地方最为合适。这里现在收留了 54 名男孩和 14 名女孩。其中有的孩子在当童子军的时候，因为四处奔逃，找不到可以充饥的东西，只好吃了人肉。还有的孩子告诉我，童子军的领袖都是成年人，很多人都服用大麻等麻醉剂。仅仅想像一下就令人痛心。在街头四处流浪的儿童中也有过去的童子军。

以前我曾经写过，我无法忘记自己在战时去车站送别士兵们的场面。那时，如果去自由之丘车站送上前线的士兵们，就能够得到一根细细的烤鱿鱼。那时候已经没有什么可吃的了，很久很久没有尝过烤鱿鱼的味道了，那味道真是充满了诱惑力。我匆匆地挥舞着小国旗，和大人们一起喊着口号，然后领到一根烤鱿鱼。虽说我还是个孩子，可是仅仅为了一根烤鱿鱼，就什么都不想，只顾挥着小旗子。我无法原谅自己。直到现在，我还清楚地记着在自由之丘车站的情景。虽然已经过去了60年，虽然只是这样一件事，但这已经成了我心中无法愈合的伤痕。

"无论发生什么事，都不应该让孩子们卷入战争。"屋子里又闷又热，像是在蒸桑拿一般。狭小的屋子里，我和昔日的童子军们促膝而坐，面对面地交谈着，我心中久久地盘旋着这个念头。可能是我的神情过于悲伤了吧，那个失去了双臂的少年像是在安慰我似的说道：

"不过，我们在这里吃得很好。"

在我临走的时候，我看了一下这里的食物，那是儿童基金会好不容易才给孩子们弄到的午餐，可是在我看来，这绝对称不上是什么好饭菜。不过，由于这里全国上下的孩子们都吃不饱肚子，也许他们会觉得这里的饭菜很丰盛。那个孩子没有了双臂，他怎么吃饭呢？他相信只要自己安上了义肢，父母就会接他回家。可是据这里的工作人员说，他的父母根本没有这个打算。

在回蒙罗维亚的车中，我一直不停地流泪。我本来想无论如何都不哭的，可是这些事情实在太悲惨了。想到那些说着"因为战争嘛"，因而没有一句抱怨的孩子们，他们实在是太可怜了，让人找不出一句话来安慰他们。

虽说内战在3年前就结束了，可是在利比里亚北部地区，内战还在继续着。虽然利比里亚政府否认童子军的存在，宣称他们遵守18岁以上才能被征兵的条件，但我不能相信。很多人都见过正在战斗的童子军。如果总统真的是爱护本国的孩子们，那希望他不要让孩子们卷入战争中去。

营养不良的孩子们，在污水中生活的孩子们，卖身的少女，和家人失散的孩子们，无数的孤儿们……还有在气味刺鼻的橡胶工厂中劳动的工人们，既没有面具，也没有手套。许多母亲和孩子们即便得了疟疾、腹泻、贫血等疾病，由于付不起初诊费，不能到医院看病。医院的检查仪器和药品不足，特别希望能够得到一些试管，还有的医院希望综合治疗室能有一扇门。难民营也希望得到食物。总统夫人致力于保护女子权利的活动，她对我诉说："没有发放食物的配给中心，希望能够设置一个。"还有那些对在自己眼前杀人已经司空见惯的孩子们。还有童子军们心里的伤痕。这一次我所见到的，就是这样的人。

但是我还见到了一位掌管着市场的活力十足的大婶，还见到了一个把要出售的铁炭炉像帽子一样顶在头上，蹦蹦跳跳地走着的少年。我还接受了一个孩子们自己的电台的采访，这些孩子们利用汽车上的电池，每天播放 18 个小时的电台节目，发挥着成年人一样的作用。收听节目的人们使用的是古老的手工矿石收音机。最后我要说的是，足球明星乔治·威尔就出身于这个国家的贫民窟中，如今他活跃在世界足坛上，满怀着最美好的自豪感。55 年前，我还是一无所有，可是和平来临的时候，我感到那么幸福。但愿利比里亚的孩子们也能够过得幸福一点。总统先生，拜托了！

好甜啊！

去年，我应联合国秘书长安南的邀请去纽约参加会议。当时正逢"纽约扬基"和"纽约麦茨"两支棒球队举行比赛。比赛的任何一个场地都可以乘坐地铁直达，所以人称"地铁比赛系列"，大家都兴高采烈。我虽然不懂棒球，但却热衷于收看美国的电视台转播的棒球比赛节目。

转播比赛的时候，不知道究竟有多少架摄像机在同时拍摄，当比赛接近高潮时，整个棒球场上的人都紧张得手心出汗，这时摄像机的镜头下就会出现一个又一个的观众特写。有天真的少年的脸，有不知在喊什么的父亲的脸，也有看上去省吃俭用才攒够了今天的门票、终于休了一天假来看比赛的大婶的脸，还有看得入迷的年轻姑娘们的脸。每一张脸都非常美，他们屏息静气地看着选手们的举手投足。然后镜头又转向了坐在长凳上观战的替补队员们，有的镇静而专注地看着比赛，还有的咬着嘴唇，还有人闭着眼睛做出祈祷的样子。

摄像机什么东西都不会放过。当看到自己的队友站到击球手的位置上的时候，一位观战的选手一只手握住了自己颈上项链的坠子。也许那个坠子是护身符之类的东西吧。就在那位选手抓住它的那一瞬间，摄像机就对他进行了特写。这种摄影的方式真会给人一种错觉，以为自己是在观看电视剧。

当然，不久，特写镜头中就出现了剽悍的击球手和投球手的脸，连他们眼中的神情都能够看得一清二楚。这一切让人深深地感觉到：正在观看比赛的观众们，场地中的选手们，还有一旁助战的替补队员们，所有的人合成了一个整体，他们之间进行着一场大型的比赛。所以，看电视的人们也会觉得热血沸腾，心潮澎湃，深深地被节目中的比赛所吸引。

这样的节目，与其说是转播比赛，还不如说是人们在观看历史连续剧。如果在日本这样转播比赛的话，也许有人会生气地说："我们只要看比赛！"可是美国的比赛却是以人为中心的。

不过，对于比赛的转播也是非常棒的。比如当选手滑进垒垫"出局"的时候，那一瞬间，摄像机会从所有的角度拍摄出这个动作，真是纤毫毕现。而且观众们会看出确实是"出局"了。摄影师的技术固然十分精湛，而那位换景师需要在一瞬间内在无数的摄像镜头间进行切换，他的手上功夫也实在是太了得了！还有指导换景师"下一个镜头，这里"的导演，他又是有着怎样的感觉、怎样的眼光啊！我还是第一次看到这么引人入胜的棒球比赛的转播节目。

不过，有一个现象令我十分惊讶，那就是选手们都在嚼口香糖。不光是在一边观战的选手，就连马上要投球的、马上要挥棒的选手们都嚼着口香糖。在一边保护的人也在嚼。也许这是使精神集中的一种方法吧。在日本，如果一边嚼着口香糖一边做事的话，人们会说你"不认真"，可是在美国，著名球队的球员们都在嚼着口香糖，可见美国人大概并不因此觉得球员们不认真比赛。这真是一个有趣的差异。

口香糖！让人怀念的口香糖！我从美国占领军那里得到的那一包口香糖！战争刚结束的时候，大概有很多人从美国占领军的士兵手里得到过口香糖、巧克力之类的东西。意大利的代表性女演员索菲亚·罗兰曾经在答记者问中提到过，在她还是个小姑娘的时候，也曾经追着美国兵的吉普车叫着"口香糖！口香糖"，从人家手里得到过口香糖。

我在战时疏散到了青森县的一个小村子里，按说不会得到这样的恩惠，可是由于一个偶然的机会，我还是得到了一包口香糖。当时战争虽然结束了，可是我爸爸在西伯利亚成了俘虏，所以我们一家人没办法回东京去。

一天放学后，我们在车站附近玩，突然一列火车停在了站上。当时我在的那个站叫做"诹访之平站"，虽说东北铁路干线从这个站经过，但这是一个小站，火车坐满了人的时候，一般并不在此停车，而是直接开过去。可是，令人惊讶的是，那一天小站上不但停了一列长长的火车，而且还从车上络绎不绝地下来了好多身着军装的美国兵。他们站在月台上吸着香烟，四处走动着。

那时候东北铁路干线还是单线的，有时候遇到两列火车必须对开的情况，就需要在车站等待。我稍微向前凑了凑，想看看美国兵的样子，我的伙伴们赶紧拼命拉住我的裤子，七嘴八舌地说道：

"别过去！要是被美国兵吃掉了怎么办？"

"老师要骂的！"

"好可怕啊……别过去！"

"站住！会被抓走的！"

可是我的好奇心实在太强烈了，非得要看看美国兵才行。而且，我小的时候，爸爸他们乐团的指挥罗彻斯托克先生曾经抱过我，我也见过别的外国音乐家，所以我想大概不会被吃掉吧！可是，我的伙伴们还是站在远处压低了声音叫着"站住"、"别过去"之类的话。

我一直走到了车站月台的栅栏处，心里还是有点害怕，鼓起勇气观察那些士兵们。在那以前，我所见的日本的大人们都衣衫敝旧，可是这些美国兵一个个身材高大，穿着熨烫过的笔挺的军装，看上去简直是另一个世界的人。从他们斜戴着的军帽下面可以看到金色的头发。

这时，一个吸着香烟的士兵看到了我，他一边向我招着手，一边走了过来。我吃了一惊，连忙摇头。因为有那个栅栏，外面的人无法进去，里面的人也出不来。可即便如此，那个美国兵还是走了过来。我一边摆出一副立刻就能逃走的样子，一边摇着头。于是那个美国兵对我做了个手势，示意我"在这里等着"，自己大步跑上了火车。我还在想："他要干什么呢？"转眼他已经出来了，手里好像还拿着一个什么东西。美国兵跑到我跟前，把手里的东西递给我，那是一个漂亮的略有点扁的小盒子。我虽然非常感兴趣，可是想到"这太稀奇了"，头摇得越发厉害了，手也在摆着，表示我不要这个。那时我虽然会说"Thank you（谢谢你）"，但是并不会说"No，Thank you（不用了，谢谢你）"，于是我只好用手势表示"谢谢，我不要"，可是美国兵越发要给我那个盒子，几乎要硬塞进我的手里。我急了，叫着"我不要，我不要"。正在这时，开车的铃声响了，美国兵做了个手势表示"我得走了"，又做出"里面的东西可以放进嘴里"的样子，把盒子塞进我手里，然后就跑去上车了。

我不希望人家认为我是一个喜欢从素不相识的人那里要东西的孩子，心里想着："我说过不要了，可是……"我把那个小盒子握在胸前，站在那里很是为难。那个美国兵从开始开动的火车车窗里探出头来，对我笑着挥手，他是一个非常年轻的士兵。别的士兵也在挥手。我糊里糊涂地也朝他们挥手。长长的火车载着众多美国士兵，喷着烟雾朝青森方向驶去。

我一个人站在那里，突然，我闻到小盒子里面散发出一股香味。盒子是亮闪闪的黄色的。这时候，我的伙伴们也从远处一个接一个地走了过来，大家好像都看到了事情的全部过程，指着小盒子问道：

好甜啊！

203

"他给你什么了?"

"那个是什么?"

我对伙伴们说:

"等一下,让我来看看。"

我撕开透明纸,打开盒子一看,里面放着好多条各种颜色的细长的东西。我觉得这是自己一个人冒险得来的东西,决定由自己来支配。我抽出那一条薄薄的东西,闻了闻味道。真香啊!我还从来没有闻过这么香的味道呢。伙伴们也都凑了上来,我让每个人都闻了闻。从我上小学的时候开始,我们知道的点心就只有焦糖和巧克力,而就是这些东西也很快就消失了,所以我们几乎什么好吃的都不认识,因此没有人知道这是口香糖。不过既然那个士兵做手势说这是可以放进嘴里的,我知道这应该是好吃的东西。我把包装纸剥去,从里面拿出那条扁扁的东西来,香味更加浓了。

我小心地掐下大约一毫米放进嘴里,"好甜啊!"竟然有这么甜、这么香的东西!我的伙伴们都在一旁注视着我,我也给了他们每人一小点儿,实在是太小了,有蛀牙的孩子大概会塞到牙缝里去吧。可是大家都笑嘻嘻地说:"好甜啊!""真好吃!"心中的欢喜溢于言表。

我想今天是得到好东西的第一天,我就大方地请一回客吧,于是决定和大家在这里吃掉一块。一小点儿一小点儿地,我把口香糖分给伙伴们,我自己也吃一点。每当尝到一点儿,大家都会异口同声地赞道:"好甜啊!""真好吃!"当然我们不知道这是用来嚼的东西,大家都把它吞下去了。

我匆匆地回到家里，想要让家里的小弟弟小妹妹也尝一尝这个好东西。我掰下一小点儿放进5岁的弟弟口中，弟弟看着我，高兴地笑着说："真好吃啊!"我给他看了小盒子，告诉他："要保密，这里还有很多。"妹妹还是个婴儿，我也给她吃了。妹妹已经长了牙，吸着吮着一会儿就吃下去了，不过我们都没有吃坏肚子。

从第二天开始就不得了了。我家住在车站附近的一个长房子里，第二天一早我打开大门的时候，看到门口满满地站了一大群孩子，他们七嘴八舌地嚷着："给我吃那个甜的!"我没有办法，只好把藏在壁橱最里边的小盒子拿出来，取出一条口香糖，把它掰成一小点儿一小点儿，放进每个孩子嘴里。这种情形每天都要发生。盒子里的小小的包装纸有黄色的，也有粉红色的，还有绿色的。我曾经想过：不知道包装纸能不能吃？一度试着舔了舔，但是纸毕竟是纸，没法吃下去。

即便如此，一个小包里会有五六条口香糖，这就非常了不得了，而一小盒里又有好几个这样的小包，小包整整齐齐地排列着，像是在商店里卖的那样。可是人家就这样"啪"的一下把整盒口香糖都给了我，这些美国人是多么气派啊！直到现在我还这么想。

而且，口香糖还有很多优点。饼干的体积太大，而且晃动的时候容易碎；糖果容易化，包糖的纸还容易粘在一起。而口香糖则整整齐齐地排列在盒子里，不用担心它会碎掉或者化掉，简直可以说，这就是美国的象征。

好甜啊！

205

结果，由于每天早晨我家大门口都会有成群结队的孩子，那盒口香糖转眼之间就无影无踪了。从那以后，我一有时间就去车站，因为我想，也许火车还会在某一天突然在这里临时停靠呢！但是从那以后，火车再也没有在这个小站停过。

　　现在我们只要去了超市就什么都能买到，而且我们也能够放开肚皮，尽情地吃自己喜欢的东西。但我突然想到，当年我们把一小点儿口香糖放到嘴里，高兴地相视而笑，说着"好甜啊"，也许那个时候才是幸福的。

　　现在大家都很忙，连一家人都没有多少时间相聚。所以一生之中能有几次和别人相视而笑的时光，也许就可以说是知道幸福的真谛了。

让孩子上学吧！

"No Hope（没有希望)！"冲着我叫喊的老太太突然说了这么一句话。这是在阿富汗西部的大城市赫拉特郊外的国内难民营中的一幕。那座难民营中住了 13.5 万人。有的人家住在土砌的房屋中；有的人家挖了一个土窑，用破烂的塑料布遮住洞口，就这样住在里面；有人住在破布搭成的帐篷里；还有人甚至蹲在光秃秃的干裂的泥土上。气温达到 45℃，那里的风很大，热风吹得沙土飞扬，一片不堪入目的景象。

在我抵达这个难民营之前，先有一群妇女和儿童从很远的地方过来。这些人见到我便围了上来，语气激烈地向我诉说着什么，七嘴八舌，唾沫四溅。妇女们大多是寡妇，丈夫在内战中死去了。由于风吹日晒，加上污垢，她们的脸都黑糊糊的。阿富汗内战已经持续了 21 年，又遇上连年大旱，终于爆发了大饥馑。已经连续三年没有下雨了，谷物等口粮歉收75%。农民背井离乡，扶老携幼，逃往国内难民营。他们徒步而行，偶尔才能搭上卡车，长途跋涉，历尽辛苦来到这里。还有很多人是流浪来的。

"只要到了难民营，就有食物，有水，就能够伸开双腿舒服地睡一觉吧。"人们一定是怀着这样的希望来到这里的。但是实际上，在难民营里和在自己的村子里一样缺衣少食。老太太用满是皱纹的手抓住我的衣服，泣不成声，"没有帐篷，没有水，孩子们在吃泥土，政府一点也不管我们。没有希望!"以前我曾经去过许多难民营，但是还从没有人这样直接地向我倾诉。而且，我也是第一次见到这样干脆地说"没有希望"的人。

因为这一次的干旱，有上百万阿富汗人成为国内难民。以前我并不知道，同在亚洲，竟然还有陷入如此严重和可怕的状况之中的国家。我不禁十分内疚，自己竟然这样漠不关心。面对这些站在热风之中却不说一句怨言的孩子们，我真不知道该说什么好。因此，我决定写下这份报告，记录下我在今年7月下旬的所见所闻，希望读者诸君能够对阿富汗的事情稍微有所了解。

现在，阿富汗国土的95%处于塔利班的统治之下，塔利班的意思是"神圣学生"。今年春天，在电视的新闻中，几乎每天都有关于塔利班的报道。正是塔利班用炸药摧毁了巴米扬大石佛。国际上将他们称为"伊斯兰原教旨主义者"。也许他们以前确实是虔诚的伊斯兰教信徒，是神圣学生，但是他们现在拥有了巨大的势力。曾经非常美丽的首都喀布尔也由于塔利班的进攻而变得满目疮痍。他们还隐匿国际恐怖组织，栽种制作鸦片的原料罂粟，因而受到国际上的谴责，联合国不承认塔利班统治下的阿富汗。

因为喀布尔过于危险，我们先去了阿富汗的第一大商业城市赫拉特。现在想要进入阿富汗非常困难，普通的航班不能通行，所以我们只好先到了巴基斯坦的首都伊斯兰堡，然后一行20人从伊斯兰堡乘飞机转到阿富汗。我听从当地的联合国儿童基金会工作人员的指点，头上蒙上黑布，穿上显不出身体线条的黑衣服和裤子，只露出手和脸。我就这样一副装扮，来到了酷热的赫拉特。有很多塔利班的人出来迎接我们。虔诚的伊斯兰教徒从来不和女人握手。本来只要对方伸出手来，我就会和他握手，但是在这里我必须小心翼翼地提醒自己不要和人握手。无论我们去哪里，车里都坐满了持枪的塔利班士兵保护着我们。当然，他们同时也是在监视着我们。大家都缠着色调朴素的头巾，穿着朴素的长衣服，分辨不出谁是谁来。但是据说习惯了之后，也就渐渐能够分出塔利班的士兵、塔利班的领袖人物、塔利班的秘密警察（他们自称为"宗教警察"）和普通人来了。

在赫拉特城中，有著名的寺院、伊斯兰教的礼拜堂和高高的尖塔等美丽的伊斯兰教建筑，非常醒目。寺院的彩砖有的地方脱落了，有几个老人和年轻人正用传统的方法烧制彩砖，涂上颜色，进行修复。我曾经在巴米扬见过大佛被炸毁后的遗迹，原来他们对于伊斯兰教的东西也会热心地加以修复。我们住在联合国的宿舍中，我的房间在二楼。我房间的地下是被称为"地下碉堡"的防空洞。负责安全的工作人员告诉我，当听到"啪啪"的声音时，可以安心睡觉，但当听到"嗙——"的声音时，就要立刻躲到防空洞中。防空洞中备有水和一些干粮，还有手电筒，让人回想起战争年代。防空洞的非常出口处沙袋堆积如山。日本外务省曾经宣布阿富汗的危险等级为五级，看来的确如此。五级是最高的等级了。

我作为联合国儿童基金会的亲善大使，这一次到阿富汗是想通过同行的电视台和几家报社的记者的摄像和新闻报道，让外界的人们知道这里的孩子们的生存现状。另外，此行访问的阿富汗和别的国家有所不同，那就是塔利班禁止女子接受任何学校教育，这在国际上也已成为一个问题。塔利班所禁止的事项之多令人惊诧。他们禁止任何女子外出工作；禁止女子一个人外出，如果一定要外出的话，则必须有丈夫或男性亲属陪同。当然，女子外出的时候，要从头到脚蒙上头纱。现在不仅有黑色的头纱，还有蓝色、绿色、黄色的。头纱在眼睛的部位那儿镶有网眼，可以看到外面。女人必须遮住脖颈、垂下的头发、手臂、腰肢等一切能够显出女性魅力的地方，特别是不可以露出皮肤。我曾经和一个戴着头纱的女子一起坐车，她对我说了一声"对不起"，然后掀起头纱，露出了脸。她说，虽然自己已经习惯了戴头纱，但仍然感觉很厌烦。掩在头纱下的脸却也鲜艳地化着妆。不过，当有汽车迎面驶来的时候，她就会立刻放下头纱。

除了这些，所有的人都禁止演奏音乐，禁止跳舞，禁止画画，禁止看电影，禁止看电视和听广播，也禁止听音乐磁带。在城区的各个地方，都有一团团发光的东西，我仔细一看，才发现那是抽出来的录音带的带子。带子被团成了一个个直径50厘米的圆球，穿成一串挂在空中。可能这是想使人们引以为戒。录音带的圆球在空中晃动着，因为反射着太阳光而闪闪发亮，简直像是罪犯被示众一样。像这样对什么都加以禁止，也是使阿富汗的经济遭到毁灭性打击的原因之一。

　　不承认女子的人权是国际问题之一。我这次访问的目的之一就是要向塔利班申请至少要让联合国在国内难民营中开展的女子教育继续下去。因为前段时间这一项活动被暂时停止了。另外，在离赫拉特很远的地方有一所秘密学校，或者可以称为女子的家庭学校，从赫拉特出发，汽车要在一条崎岖不平的道路上行驶三个小时才能到达那里。那是由当地人凑钱请来老师而设立的学校。由于这所学校非常偏僻，塔利班对此也默许了。我去了这所学校。学校设在一座土耳其式的建筑中，建筑里面非常昏暗，宛如迷宫一般。教室在三楼，有70名学生。因为没有能容纳全部学生的教室，所以学生们分成20多人一组轮流上课。老师也是女子。据说在这个地区，像这样的学校有35所。可是老师仍然需要一直压低了声音讲课。如果不用这种方法来设立学校的话，女孩子就不能读书！简直无法想像世界上还有这样的事情。

　　我在赫拉特访问的几座国内难民营中，其中有一座难民营聚集了好多孩子，老师正教他们怎么对付地雷。各种

让孩子上学吧！

211

形状的地雷半埋在土里，周围放着涂成红色的石头和关于地雷的说明。老师告诉孩子们："见到红色的石头，就不要走到它旁边去。"另外，还有很多孩子受到未爆炸的炸弹的伤害。老师把好几种未爆炸弹放在地上，告诉孩子们："不要去碰它们。""这些不可以玩。"据说，现在阿富汗境内埋有 1000 万枚地雷。所有的难民营都设在郊外，而且从难民营回自己村子的时候，也有可能踩到埋藏的地雷。所以，老师神色非常严肃。在长达 21 年的内战中，有上百万人死去，500 万人成为难民，逃亡到邻国巴基斯坦和伊朗。国内难民营中的孩子很多都是孤儿。在难民营周围，有许多死在难民营中的孩子们的坟墓。说是坟墓，其实是在孩子的遗体上用石块堆成船形，因此我能够看出孩子死去的时候身体有多高，看到这些坟墓，让人心中刺痛。有的坟墓只有 50 厘米长，埋葬的一定是非常小的孩子，真是太可怜了。孩子们逃到了难民营，结果却死在这里，不知道这些孩子是否也曾有过快乐的时光？想到这些，我实在难以抑制自己的眼泪。孩子们的坟墓绵延了很长的距离。据说，那里的难民营每天都会有三四十人死去。

塔利班的知事邀请我共进午餐。据说，塔利班的领袖很少会见外国的女性，他之所以邀请我似乎是因为联合国儿童基金会在阿富汗的代表对我进行了过高的评价。我也想看看他们到底是些什么样的人，于是接受了邀请。知事的官邸是一座以蓝色为基调的西洋式建筑，看上去令人心旷神怡，天花板也非常高，一切都是西洋风格。

在阿富汗期间，令我惊讶的一件事是，饭菜总是同一个样子，似乎招待客人的菜单都是固定的。我还曾经接受过反塔利班政权的总统的邀请，他的晚餐也是这样。但如果有人问我，阿富汗的饭菜是什么样的，我也不知道是否就是我所见的那样。饭菜非常简单，我能够立刻说出菜单来。先是一道煮秋葵，这里的秋葵比日本的稍微长一点，将秋葵煮熟，和煮西红柿一起用油拌着吃。秋葵没有切开。我再没有见过其他的蔬菜。还有就是带着骨头的炖羊肉，或是煮羊肉，还有烤鸡肉，然后就是米饭。米饭有加上肉丁一起煮的，还有炒饭那样的。这是非常丰盛的饭菜了。即使菜单总是雷同，这也都是最高规格的宴会饭菜。普通人是不敢奢望能吃到这样的盛馔的。饭后的甜品是西瓜，据说西瓜没有水也能够生长。的确，在干旱的阿富汗街头我见到了很多西瓜。我每次都是在米饭上放一截煮秋葵，然后再放一点煮碎了的羊肉，就这样吃起来。我很喜欢西瓜，所以就吃了很多。伊斯兰原教旨主义教徒绝对禁酒，宴席上当然不会有酒。我本来就不喝酒，所以并不在意，但我晚上每每想到，同行的记者们一定很想喝点啤酒吧，不禁对他们十分同情。可喝的只有水，饭后也没有咖啡之类的东西。

　　知事的午宴上除了知事之外，还有赫拉特市的市长，以及被称为外交部"一号"、"二号"的领袖们。令我十分惊诧的是，所有的领袖都很年轻，知事最多只有 35 岁，市长大约只有 33 岁。被称为外交部的干将的"二号"，竟然只有 21 岁！他朝气蓬勃，非常和蔼。当然，大家都留着胡须。午餐之后，我们来到了一个会场，里面摆放着许多沙发。联合国儿童基金会在赫拉特的事务所的所长担任翻译。塔利班的语言是达利语和巴什托语。我首先感谢他们允许在国内难民营对女孩子进行教育。知事是一个善于辞令的人，听我这么一说，他立即答道："根据伊斯兰教的教义，并不禁止对女子进行教育。但是，现在人们还处于饥饿之中，怎么还能够谈到教育她们呢？如果经济稳定下来的话，我们就能够考虑女子教育的事。不过有必要让女学生在隔离的教室里学习，需要遮掩住她们的脸和身体。而在经济一片混乱的情况下，我们实在无力顾及教育。"我在日本学习有关阿富汗的知识的时候，曾被告知塔利班并不是顽固的铁板一块，可能确实如此吧。

另外，知事还表示："我们由于栽培罂粟而受到国际上的批评，但现在我们已经限制了罂粟的种植。国际上只报道我们摧毁巴米扬佛像，却从来不报道我们控制罂粟栽培这样的事。"关于罂粟的栽培，据说阿富汗曾经一度停止过三分之一的种植面积，但由于这毕竟是一项财源，后来又重新恢复了。从卫星照片上可以看出，似乎他们确实停止了罂粟的种植。我不知道这件事的真伪，但至少塔利班领袖承认了女子教育是必要的，如果这是真的，那该有多好啊！这位知事非常善于辞令，他的话像连珠炮一样说个没完，我发现听不出他什么时候换气，真是很厉害。

当谈话告一段落的时候，我对知事说："我是一个女演员，但是知事如此善于辞令，真让我感到惊奇。您是担任了这个职位以后才善于讲话的，还是从小就善于讲话呢？"听我这么一说，在翻译还没有说话之前，塔利班的人都笑了，由此可见，他们全都懂得英语。知事笑着说："我在担任知事之前，是塔利班的新闻发言人。""噢！塔利班的新闻发言人！"我们都非常惊讶，一时间会场一片寂静。塔利班的领袖们几乎都是内战时逃往巴基斯坦的难民，据说他们从小就是在巴基斯坦的难民营接受的教育。

我们和塔利班的领袖们谈了很多话题，然后我们就告辞了。塔利班向来不在电视上露面，但这一次电视台的摄影师们在知事和大家说话的时候，一直不停地拍摄，新闻记者即使按了闪光灯，他们也并不介意。这真是挺矛盾的。但是如果和塔利班的谈话不能顺利进行的话，联合国儿童基金会就无法救助阿富汗的孩子们了。如果大家都袖手不管，不知又会有多少孩子死去啊。儿童基金会表示由于我到阿富汗，使得他们的工作变得容易进行了。但是塔利班的人们得不到国际上的承认，不肯坐到寻求和平的谈判桌前，而是继续进行着内战，这种做法到底意味着什么呢？

联合国儿童基金会驻阿富汗的代表告诉我，现在联合国儿童基金会努力地致力于教育上百万的国内难民，是出于这样的一种考虑：不管到什么时候，这些孩子和大人们总是要回到自己的村庄和城镇。那时候，在难民营中所受到的教育就会起作用。那样就可能重新振兴国家，一定会对后来的生活有所帮助。现在是非常重要的！

我们从赫拉特出发去反塔利班政权的总统所在的法扎巴德市的那天，塔利班的领袖们到机场来送行，尤其是那位"二号"满面笑容，在分别的时候，用英语说："随时都欢迎您来。我们将会非常高兴地迎接您。"他们知道我们接下来要去会见反塔利班政权的总统，但还是来为我们送行。这样年轻有为、善于权变的塔利班领袖，如果能真心期望和平，那有多好啊。直到飞机起飞，他还在不停地挥着手。

从赫拉特飞行三个小时后我们到达了法扎巴德。法扎巴德位于东北部，为海拔 7000 米的山峰所环绕，是一个很宁静的地方。由于这里属于反塔利班政权控制的地区，一切都比较自由。女孩子可以在学校学习，女子也可以一个人外出，所以可以看到很多戴头纱的女子在路上行走。河里虽然有水，但这里也深受干旱的危害，因为没有灌溉设施，无法把河水引入田里。由于农业只能依靠雨水，所以干旱的时候，就会遭到沉重的打击。

在法扎巴德，我见到了一种罕见的苹果，据说是这里独有的。以前我还从来没有见过这样的苹果。这种苹果比较小，整体呈橘红色，但是苹果的顶部有鲜红的线条，长长短短地形成美丽的花纹，仿佛塞尚的画一样，味道也很甜，可以说是惟一幸免于干旱之害的食物吧。

即使在这片能够见到和平的地区，也到处都是孤儿院，孩子们都是因为内战而失去了父母。还有妇女协会，我和很多女性谈过话，她们几乎都是战争寡妇。但女子们齐心协力，从外面揽到活儿干，大家一起劳动，以取得一些收入。我们说了很多话，我大胆地问了一个比较有趣的问题。我的问题是，女子们都戴着头纱走路的时候，如果迎面来的是自己的朋友，能不能认出来呢？听了这个问题，大家都大笑起来，说："还是能认出来的。"原来她们能够从头纱下面露出的宽松衬裤上的花纹，或者鞋子，或者一点特有的动作，肩有多宽，胸有多厚，从这样的一点点细节上，女人们就能够立刻认出谁是谁来。"但是，如果是男人的话，他们就完全认不出来了。即使他和自己的妻子迎面走过，恐怕也认不出来吧。"她们这样说着，咻咻地笑了，又说："男人就是不会观察啊。"这是久违了的女人的笑声。我想，她们大概在心里想起死去的丈夫了吧。

城里有一所很大的学校，设有小学、初中和高中三个部，有1900名男学生，2200名女学生，以及170名教师。虽说是在城里，但这所学校四周环绕着田地和树木，感觉更像是在村庄中，一片宁静的景象。从一个小女孩们的班级中，传来天使般的歌声："我们是祖国的孩子，我们热爱祖国。如果祖国需要我们献出生命，我们时刻准备着。但是我们希望和平，我们厌恶战争，我们是祖国的孩子。"这些孩子们的祖国指的是哪里呢？这里是塔利班尚未控制的5%的阿富汗的国土。

其实，这个时候，战争的前线已经推进到了离这里直线距离只有110公里的地方。我们当时并不知道这一点。前线上炮弹横飞，这些孩子的父亲就是在那里战死的。实际上，在我们滞留的几天中，这个镇上几乎要发布征兵令。内战已是如此迫近。在我们会见的城镇的领导人中，有一位年轻的北方同盟的副司令官。虽然他说自己身体健康状况不好，但他还在考虑很多事情，比如是否发布征兵令，该怎么办等等。在这几天中，他不想让我们看到这些。但是，战争前线已经推进到了110公里之外。当然，这些情况我都是后来才听说的。据说最后并没有发布征兵令，但知道这一情况的人们都吓得脸色苍白。

如果这一区域被塔利班占领，那所有 2200 名女学生的学校肯定会被立即关闭。我感觉到了老师和学生们都在拼命学习。由于没有足够的教室，高中生们都在校园的泥地上上课，没有桌子，也没有椅子。但这些孩子们端端正正地隔开坐着，认真地学习着。这里尽管位于阿富汗北部，但像赫拉特一样酷热，高中生们就在太阳下面学习。但愿这所学校不要被关闭！我起程的时候，大家都跑出来向我挥手，孩子们唱起了《我们是祖国的孩子》这首歌，孩子们的声音汇成了大合唱："我们热爱和平，我们厌恶战争。"我一边向汽车走去，一边抬起头看了看天空，想必空中的积雨云也听到孩子们的歌声了吧。"拜托了！"也许这是一句毫无用处的话，但我也只能这么说。

我去拜会了反塔利班政权的拉巴尼总统。总统原本在首都喀布尔的大学中担任伊斯兰法和哲学教授。总统似乎全然没有认识到正在逼近的危险，平静地、睿智地谈着话。"我们最想要的是和平。""如果给塔利班提供武器、支援他们的国家能够停止这种做法，这里会成为一个没有战争的国家。""我随时准备好与塔利班谈判。"总统优雅的白胡子和他的笑脸极为和谐。那天晚上总统设宴招待我们。在紧挨着总统住处的地方有一架直升飞机。我听见有人在低声议论："也许在紧急情况下，总统会乘它逃走吧？"总统慢条斯理地用着晚餐，仿佛非常享受这些食物。晚餐之后，总统请我们品尝那种像塞尚的画似的苹果。告别的时候，我对总统说："希望以后能再见到您。"我心中想，如果能有那一天就好了。因为我曾经见过前总统被塔利班处死的录像。总统微微一笑，说："请代我问候日本的诸位。"然后消失在夜幕之中。

法扎巴德也有国内难民营，那座难民营能容纳2000人，住在那里的几乎都是由于内战而失去亲人，自己的村子成为了战场而逃出来的人们。一个住在土屋子中的男人呆呆地凝视着远方，他告诉我们："我回家一看，发现我的妻子和孩子们都被火箭弹击中了，尸体血肉模糊。"那一刻我想，在这以前，我去的那些国家还都有希望，比如："如果内战结束的话，就好了。""如果这场旱灾结束的话，就好了。"但是在这个国家里，"到底什么结束了才会好呢？"真的是没有出路，也没有希望吗？……我想起曾经在康复中心遇到的一位牧羊少年，他因为踩中了近处的地雷，左腿从大腿根处被炸掉，但是他装上了假肢，经过练习以后，能够拄着拐杖行走了。"我又能够和羊一起过日子了。"说这句话的时候，少年的眼中闪烁着光辉。我曾经问过国内难民营中的女孩们："你们长大了想做什么？"大家都争着举起手，大声答道："想做老师！"这些小女孩们被剥夺了学习的权利，但她们还说自己要做老师。

去过法扎巴德以后，我们又去了巴基斯坦最大的难民营所在地白沙瓦，这是专门为阿富汗难民而设立的难民营，有人已经在这里生活了20年。连巴基斯坦也感到无力承受更多的难民，开始考虑是否采取安排难民回国的政策。在难民营中，大人们发着牢骚，老太太为死去的丈夫而哭泣。

在大人们中间站着一个失明的小女孩。我让这个孩子摸摸我的脸，让她知道自己在和什么样的人说话。她碰到我的脸后，小声说："真像我妈妈呀！我妈妈一直没有回来，但是她一定会回来的，我就在这里等着她。"说着她笑了。虽然老婆婆说"没有希望"，但是孩子们却都满怀着希望。我再一次深深地感到了这一点。迄今为止，无论在哪个难民营中，无论在哪里，我还从来没有遇到过失去希望的孩子，这使我无比欣慰。我以前曾经在苏丹的一所医院里见到一个少年，他的右眼被地雷炸瞎了，第二天就要进行摘除眼球的手术，可是当我问他以后想做什么的时候，他回答说："我想做一个治病救人的医生。"

神灵一定是给予了幼小的孩子希望的力量。有了那些满怀希望的孩子们，也许他们会使未来变得更好一点。我们应当为那些孩子们建造一个能使他们幸福成长、自由自在地生活的社会。而且那些孩子们应该会给阿富汗带来和平，那些待在夏天气温高达 45℃、冬天则降至−25℃的难民营中的孩子们。今年元旦的时候，许多孩子死于严寒之中。联合国儿童基金会发誓："今年冬天不会让一个人被冻死。""但愿雪不要落到难民营那里，但愿今年冬天比较暖和。"在得知阿富汗的孩子们现在的处境之后，善良的人们一定在这样为他们祈祷吧。

在我把上面的这篇稿子交上去之后，在美国突然发生了多起恐怖袭击事件。有消息说，这是塔利班庇护下的本·拉登所支持的恐怖袭击行动。阿富汗的名字就是以这种形式出现在世界面前。在今天，阿富汗还有 600 万人必须依靠援助才能生活下去。那些坐在干涸的土地上等着援助的孩子们，面对着即将来临的−25℃的严冬，他们没有食物，怎样才能生存下去呢？希望不要让孩子们经受更多的悲剧了吧！

让孩子上学吧！

221

真正的幸福是什么

　　小时候，有一次我在一瞬间突然在心里悄悄地感到"真开心啊"。那是在一个黄昏，雨哗哗地下着，但是爸爸已经结束工作回家来了，家里人都在，连牧羊犬也进了屋，灯很明亮，我和弟弟坐在饭桌旁，等着妈妈把饭做好。我心里非常安宁，因为"大家都在一起，大家都在家里"。爸爸对妈妈说了一句什么话，妈妈看着爸爸笑了，我们也笑了。我从心里感到快乐。

　　半个多世纪过去了。这近 20 年来，我作为联合国儿童基金会的亲善大使去了许多国家，那里的孩子们都需要帮助。

　　去年，在西非的利比里亚，我和曾经在内战中充当童子军的孩子们见了面。那些孩子们 10 岁的时候就被迫拿起枪去参加战斗，朝大人和孩子们开枪。还有很多孩子和家人失散，成为了孤儿。

我还见到了许多营养不良的孩子们。

海湾战争结束 5 个月之后，我去了伊拉克。由于遭到多国部队的高精确轰炸，伊拉克全境的发电站都被破坏了。没有了电就无法净化河水，自来水管里流不出水来。巴格达的居民们甚至要到底格里斯河里去汲水，然后就直接饮用河水。但是由于城市无法进行下水道处理，厕所里的污水甚至会流到河里去，为数众多的孩子们感染了伤寒等传染病，或者不停地腹泻。综合医院什么病都治疗不了，牛奶、药品、手术用的麻醉药、预防的疫苗等都已用完。因为停电，无法进行肾脏透析，总之什么都无法进行下去。每天早晨，医院门前母亲们抱着生病的孩子排成长队，气温高达 50℃。我曾经见过一个婴儿，因为营养不良，他的脸简直像是老人的脸。本来婴儿的脸蛋和嘴唇周围都应该是胖乎乎、圆鼓鼓的，可这个孩子的脸上却满是皱纹。才刚刚 3 个月的婴儿，他的腿就像是木筷子一样，从大腿开始就布满皱纹。那个孩子突然定定地看着我的眼睛，他才 3 个月大啊！那一瞬间，我发现那孩子眼睛里也完全没有小孩子的水灵劲儿，干巴巴的，仿佛是老人的眼睛。那个孩子的眼光中流露出绝望的神情，简直不像是孩子的眼神，好像在诉说："为什么我会这样呢？"我还发现，不仅仅是这个孩子，那些早夭的婴儿们也这样睁着眼睛使劲地看着世界，那眼光也都像是老人的，他们仿佛要多看一眼这个世界："我的人生这么短暂，我要好好看一看！"

在非洲的卢旺达，由于胡图族和图西族的冲突，上百万的图西族人被杀害，实在是非常恐怖。我在部族冲突结束4个月后去了卢旺达，那时候，被屠杀的人的尸体还随处可见。在屠杀进行的时候，小孩子们在一片惨叫声和濒死的呻吟声中四处奔逃，亲眼看到自己的父母和哥哥姐姐被杀害，孩子们还不明白是怎么回事，就夹杂在大人们中逃生。在这些孩子幼小的心灵中，留下了深深的痛楚，因为他们认为自己家人被杀是因为他们自己的过错。

　　"因为我对妈妈做了不该做的事，所以妈妈被杀了。""因为我没有照爸爸说的去做，所以爸爸被杀了。"小孩子们不知道胡图族和图西族之间的事情，都只知道责备自己。在逃难的人们居住的难民营中，疟疾流行，每天都有数以千计的大人和孩子死去。在一个死于疟疾的母亲的尸体旁边，一个小女孩默默地坐着。那个孩子是这么想的："妈妈都是因为我才死的。妈妈想要帮助我，结果她自己死了。"幼小的孩子们就是这样责备着自己。这时候我才第一次知道，纯真的人会把不是自己做错的事也当做自己的过错。为了防止传染，死于疟疾的人的尸体就用铲土机推到深坑里掩埋。我看新闻节目的时候，看到了在大铲土机的车斗里，小孩子的尸体混在大人的尸体中，孩子的脸上一片悲哀。"这个孩子到底为什么要来到世上呢?"但是我知道，孩子们没有一句怨言，直到临死还怀着对大人的信任。

　　在面朝着美丽的加勒比海的海地，由于长时期的独裁统治，80%的海地人处于失业之中。父母养活不了孩子，孩子们走出家门成为街头的流浪儿童。连大人们都有80%失业，当然更不会有工作给孩子们去做。走投无路的女孩们只好卖身。有报告说，海地卖身的人中有72%已经感染了艾滋病。这一切都是因为贫穷。一个在墓地卖身的12岁的矮小女孩子对和我同行的电视台的摄影师说道：

"买了我吧！"

当问她"多少钱"的时候，她说：

"6个古尔顿就行了。"

折合成日元的话，只有42日元。

当问她"你不怕艾滋病吗"的时候，女孩答道：

"就算得了艾滋病，不是也还能活几年吗？可是我家里人连明天的饭都还没有着落呢。"

这个孩子用42日元来养活着家人。我实在说不出话来。

还有因为家里穷，连小学也上不起的孩子；在地雷的阴影中战战兢兢地生活着的孩子；由于营养不良缺乏蛋白质而导致大脑残疾，无法站立和行走，也不会说话，在地上爬着的孩子；遭受干旱之苦的孩子；走5公里的路去汲水喝的孩子……

地球上有很多孩子就这样一边为家人和自己的命运担忧，一边拼命地生存下去。仅仅一小部分孩子能够喝上干净的水，能够吃饱饭，能够打预防接种的疫苗，能够接受教育。

"真正的幸福是什么？"当地球上所有的孩子都能够安心地满怀着希望生活的时候，那就可以说是真正的幸福了。如此想来，我小时候在那个下着大雨的夜晚，待在家里感觉到"好开心"的那一刻，就可以说是真正的幸福了吧！

孩子把自己封闭在屋中，拒绝去上学、家庭暴力、儿

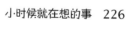

童的自杀、家庭的崩溃、杀害亲生孩子、虐待动物……诸如此类的问题困扰着现代家庭。而一个完全没有这些问题的家庭可以说是真正的幸福了吧！

"能够和家人在一起相视而笑的家庭"，这并不是什么新说法了，但在我看来，这就是"真正的幸福"了。

图书在版编目（CIP）数据

小时候就在想的事／〔日〕黑柳彻子著；赵玉皎译.－2版.
－海口：南海出版公司，2010.9
ISBN 978-7-5442-4614-9

Ⅰ.小… Ⅱ.①黑… ②赵… Ⅲ.儿童文学－长篇小说
－日本－现代 Ⅳ.I313.84

中国版本图书馆CIP数据核字(2009)第218126号

著作权合同登记号 图字：30-2010-091
CHIISAI TOKI KARA KANGAETE KITA KOTO by KUROYANAGI Tetsuko
Copyright © 2001 KUROYANAGI Tetsuko
Originally Published in Japan by SHINCHOSHA Publishing Co., Ltd. Tokyo.
Chinese (in simplified character only) translation rights arranged with SHINCHOSHA
Publishing Co., Ltd. Japan
through THE SAKAI AGENCY/Bardon-Chinese Media Agency
ALL RIGHTS RESERVED

小时候就在想的事
〔日〕黑柳彻子 著
赵玉皎 译

出　　版　南海出版公司　　（0898）66568511
　　　　　　海口市海秀中路51号星华大厦五楼　　邮编 570206
发　　行　新经典文化有限公司
　　　　　　电话(010)68423599　　邮箱 editor@readinglife.com
经　　销　新华书店

责任编辑　张 苓
装帧设计　徐 蕊
插图作者　唐蜜儿　何贵清
内文制作　王春雪

印　　刷　三河市三佳印刷装订有限公司
开　　本　890毫米×1270毫米　1/32
印　　张　7.25
彩　　插　4页
字　　数　146千
版　　次　2004年8月第1版　2010年9月第2版
印　　次　2014年1月第29次印刷
书　　号　ISBN 978-7-5442-4614-9
定　　价　22.00元